汪曾祺经典

东西南北迹万里

汪曾祺 著

主编 陈其昌
顾问 汪 朗

译林出版社

图书在版编目（CIP）数据
东西南北迹万里 / 汪曾祺著．—南京：译林出版社，2020.7
（汪曾祺经典）
ISBN 978-7-5447-8155-8

I.①东… II.①汪… III.①中国文学 - 当代文学 - 作品综合集
IV.①I217.2

中国版本图书馆CIP数据核字（2020）第029814号

东西南北迹万里　汪曾祺 / 著

责任编辑　王兰英
特约编辑　张　彤
装帧设计　鹏飞艺术
校　　对　刘文硕
责任印制　贺　伟

出版发行　译林出版社
地　　址　南京市湖南路1号A楼
邮　　箱　yilin@yilin.com
网　　址　www.yilin.com
市场热线　010-85376701
排　　版　鹏飞艺术
印　　刷　山东临沂新华印刷物流集团有限责任公司
开　　本　960毫米 ×640毫米　1/16
印　　张　15
版　　次　2020年7月第1版　2020年7月第1次印刷
书　　号　ISBN 978-7-5447-8155-8
定　　价　39.80元

一九七九年的汪曾祺

前言

一九九八年五月十八日，在鲁迅纪念馆，由北京市作协和高邮市人民政府联合主办的座谈会上，现任中国文联主席和中国作协主席铁凝为高邮市汪曾祺文学馆题写了“永远怀念汪曾祺老”。

铁凝主席称：“他像一股清风刮过当时的中国文坛，在浩如烟海的短篇小说里，他那些初读似水、再读似酒的名篇，无可争辩地占据着独特隽永、光彩常在的位置。能够靠纯粹文学本身而获得无数读者长久怀念的作家是幸福的。”

他就是他自己，一个从容的“东张西望着，走在自己的路上的可爱的老头。这个老头，安然迎送着每一段或寂寞或热闹的时光，用自己诚实而温馨的文字，用那些平凡而充满灵性的故事，抚慰着常常焦躁不安的世界”。我们认为，铁凝主席的题词和讲话，浓缩了汪老的为人为文的特点和内涵，以及在当代文坛不可替代的位置。

作为汪曾祺研究会会长，陆建华是长期研究汪曾祺的一个标杆。他概括过汪老的文学成就，大意是汪老把中断多年的现代抒情小说这条文学史线索又联系起来，且有自己的追求；汪老的作品显示了旺盛的生命力，继承与发扬民族文化传统对丰富与发展中国当代文学具有重大的现实意义；汪老梦萦故乡的作品以平民的视角写下了脍炙人口的名篇，一直受到广大读者的好评，其“身后文”受到持久不衰的欢迎，这在文学界是少见的。

被评为“扬州五十位文化名人”的朱延庆，说汪老作品中的人和事都有水气，平静如水，流动如水，明澈如水，变化如水，然而有涟漪，甚至波涛。水本无色，而色最丰；水本无形，而形最多。汪老的作品展现了平淡、自然、温和、隽永、五彩缤纷、无穷无尽的世界。我以为，朱公的评述中肯得体，是与汪老自述的“我的家乡是一个水乡，我是在水边长大的。耳目之所接，无非是水。水影响了我的性格，也影响了我作品的风格”一脉相承的，什么高雅、狷介、域外的清风，都与水的变化无常息息相关。正因如此，汪老的作品根植于中华民族优秀文化传统的厚土，又展示了二十世纪现当代百姓的生活画卷。

又如著名文学评论家王干所评：“汪曾祺的文字如秋月当空，明净如水，一尘不染，读罢，心灵如洗。”

在汪老百年诞辰之际，我们愿意跻身如林书海，推出“汪曾祺经典”丛书，既表达我们一“汪”情深，又旨在“传薪光潜德，瞩望在后生”，让汪味的作品得以广泛流传，任人选读，赏心悦目。我们愿以纪念汪老逝世二十周年的祭文作结。

汪公曾祺，星斗其文。爱国爱乡，赤子其人。

文学大家，学贯古今。才华盖世，四海清芬。

大师教诲，刻骨铭心。拜师从文，于师不逊。

佳作精品，妙手绘春。《受戒》传播，天籁之声。

书画诗文，草木有魂。塑造形象，入木三分。

人性为本，真情传神。有益世道，一往情深。

教化人心，隽永天真。乐为人间，频送小温。

瞩望后生，辛勤耕耘。兀兀穷年，久久滋润。

曾祺辞世，佳话遗痕。祭奠汪公，泪不能禁。

魂萦梦绕，不忘汪恩。桑梓乡亲，永远前进。

陈其昌

二〇一九年十二月六日

目录

代序

花果山

刻舟胶柱真多事，

传说何妨姑妄言。

满纸荒唐《西游记》，

人间幻境花果山。

汪曾祺

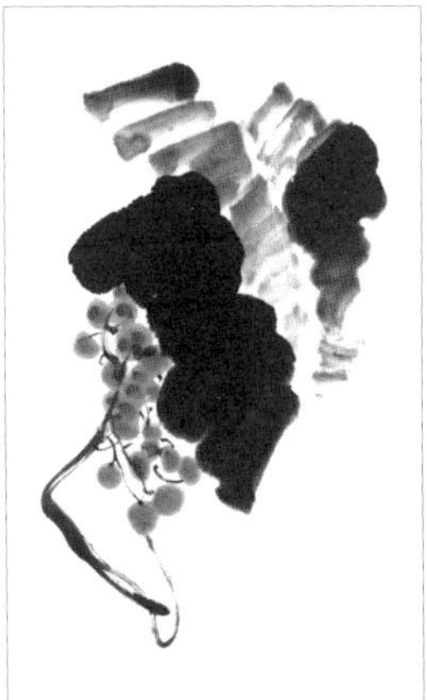

沽源

沙岭子农业科学研究所派我到沽源的马铃薯研究站去画马铃薯图谱。我从张家口一清早坐上长途汽车，近晌午时到沽源县城。

沽源原是一个军台。军台是清代在新疆和蒙古西北两路专为传递军报和文书而设置的邮驿。官员犯了罪，就会被皇上命令“发往军台效力”。我对清代官制不熟悉，不知道什么品级的官员，犯了什么样的罪名，就会受到这种处分，但总是很严厉的处分，和一般的贬谪不同。然而据龚定庵说，发往军台效力的官员并不到任，只是住在张家口，花钱雇人去代为效力。我这回来，是来画画的，不是来看驿站送情报的，但也可以说是“效力”来了，我后来在带来的一本《梦溪笔谈》的扉页上画了一方图章：“效力军台”，这只是跟自己开开玩笑而已，并无很深的感触。我戴了右派分子的帽子，只身到塞外——这地方在外长城北侧，可真正是“塞外”了——来画山药（这一带人都把马铃薯叫作“山药”），想想也怪有意思。

沽源在清代一度曾叫“独石口厅”。龚定庵说他“北行不过独石口”，在他看来，这是很北的地方了。这地方冬天很冷。经常到口外揽工的人说：“冷不过独石口。”据说去年下了一场大雪，西门外的积雪和城墙一般高。我看了看城墙，这城墙也实在太矮了点，像我这样的个子，一伸手就能摸到城墙顶了。不过话说回来，一人多高的雪，真够大的。

这城真够小的。城里只有一条大街。从南门慢慢地溜达着，

一九五八年在张家口农业科学研究所下放劳动（右）。

不到十分钟就出北门了。北门外一边是一片草地，有人在套马；一边是一个水塘，有一群野鸭子自自在在地浮游。城门口游着野鸭子，城中安静可知。城里大街两侧隔不远种一棵树——杨树，都用土墼围了高高的一圈，为的是怕牛羊啃吃，也为了遮风，但都极瘦弱，不一定能活。在一处墙角竟发现了几丛波斯菊，这使我大为惊异了。波斯菊昆明是很常见的。每到夏秋之际，总是开出很多浅紫色的花。波斯菊花瓣单薄，叶细碎如小茴香，茎细长，微风吹拂，珊珊可爱。我原以为这种花只宜在土肥雨足的昆明生长，没想到它在这少雨多风的绝塞孤城也活下来了。当然，花小了，更单薄了，叶子稀疏了，它，伶仃萧瑟了。虽则是伶仃萧瑟，它还是竭力地放出浅紫浅紫的花来，为这座绝塞孤城增加了一分颜色，一点生气。谢谢你，波斯菊！

我坐了牛车到研究站去。人说世间"三大慢"：等人、钓鱼、坐牛车。这种车实在太原始了，车轱辘是两个木头饼子，本地人就叫它"二饼子车"。真叫一个慢。好在我没有什么急事，就躺着看看蓝天；看看平如案板一样的大地——这真是"大地"，大得无边无沿。

我在这里的日子真是逍遥自在之极。既不开会，也不学习，也没人领导我。就我自己，每天一早蹚着露水，掐两丛马铃薯的花、两把叶子，插在玻璃杯里，对着它一笔一笔地画。上午画花，下午画叶子——花到下午就蔫了。到马铃薯陆续成熟时，就画薯块，画完了，就把薯块放到牛粪火里烤熟了，吃掉。我大概吃过几十种不同样的马铃薯。据我的品评，以"男爵"为最大，大的一个可达两斤；以"紫土豆"味道最佳，皮色深紫，薯肉黄如蒸栗，味道也似蒸栗；有一种马铃薯可当水果生吃，很甜，只是太小，比一个鸡蛋大不了多少。

沽源盛产莜麦。那一年在这里开全国性的马铃薯学术讨论会，与会专家提出吃一次莜面。研究站从一个叫“四家子”的地方买来坝上最好的莜面，比白面还细，还白；请来几位出名的做莜面的媳妇来做。做出了十几种花样，除了“搓窝窝”“搓鱼鱼”“猫耳朵”，还有最常见的“压饸饹”，其余的我都叫不出名堂。蘸莜面的汤汁也极精彩，羊肉口蘑潲（这个字我始终不知道怎么写）子。这一顿莜面吃得我终生难忘。

夜雨初晴，草原发亮，空气闷闷的，这是出蘑菇的时候。我们去采蘑菇。一两个小时，可以采一网兜。回来，用线穿好，晾在房檐下。蘑菇采得，马上就得晾，否则极易生蛆。口蘑干了才有香味，鲜口蘑并不好吃，不知是什么道理。我曾经采到一个白蘑。一般蘑菇都是“黑片蘑”，菌盖是白的，菌褶是紫黑色的。白蘑则菌盖菌褶都是雪白的，是很珍贵的，不易遇到。年底探亲，我把这只亲手采的白蘑带到北京，一个白蘑做了一碗汤，孩子们喝了，都说比鸡汤还鲜。

一天，一个干部骑马来办事，他把马拴在办公室前的柱子上。我走过去看看这匹马，是一匹枣红马，膘头很好，鞍鞯很整齐。我忽然意动，把马解下来，跨了上去。本想走一小圈就下来，没想到这平平的细沙地上骑马是那样舒服，于是一抖缰绳，让马快跑起来。这马很稳，我原来难免的一点畏怯消失了，只觉得非常痛快。我十几岁时在昆明骑过马，不想人到中年，忽然做此豪举，是可一记。这以后，我再也没有骑过马。

有一次，我一个人走出去，走得很远，忽然变天了，天一下子黑了下来，云头在天上翻滚，堆着，挤着，绞着，拧着。闪电熠熠，不时把云层照透。雷声訇訇，接连不断，声音不大，不是劈雷，但是浑厚沉雄，威力无边。我仰天看看凶恶奇怪的云头，觉得这真是天神发怒了。我感觉到一种从未体验过的恐惧。我一个人站在广漠无垠的大草原上，觉得自己非常的小，小得只有一点。

我快步往回走。刚到研究站，大雨下来了，还夹有雹子。雨住了，却又是一个很蓝很蓝的天，阳光灿烂。草原的天气，真是变化莫测。

天凉了，我没有带换季的衣裳，就离开了沽源。剩下一些没有来得及画的薯块，是带回沙岭子完成的。

我这辈子大概不会再有机会到沽源去了。

注释

原载《消费时报》一九九〇年一月十日。

沙岭子

我曾在沙岭子农业科学研究所下放劳动过四个年头——一九五八年至一九六一年。

沙岭子是京包线宣化至张家口之间的一个小站。从北京乘夜车，到沙岭子，天刚刚亮。从车上下来十多个旅客，四散走开了。空气是青色的。下车看看，有点凄凉。我以后请假回北京，再返沙岭子，每次都是乘的这趟车，每次下车，都有凄凉之感。

这是一个极其普通的小车站。四年中，我看到它无数次了。它总是那样。四年不见一点变化。照例是涂成浅黄色的墙壁，灰色板瓦盖顶，冷清清的。

靠站的客车一天只有几趟。过境的货车

比较多。往南去的最常见的是大兴安岭下来的红松。其次是牲口，马、牛，大概来自坝上或内蒙古草原。这些牛马站在敞顶的车厢里，样子很温顺。往北去的常有现代化的机器，装在高大的木箱里，矗立着。有时有汽车，都是崭新的。小汽车的车头爬在前面小车的后座上，一辆搭着一辆，像一串甲虫。

运往沙岭子到站的货物不多。有时甩下一节车皮，装的是铁矿砂。附近有一个铁厂。铁矿砂堆在月台上。矿砂运走了，月台被染成了紫红色；有时卸一车石灰，月台就被染得雪白的。紫颜色、白颜色，被人们的鞋底带走了，过不几天，月台又恢复了原先的浅灰的水泥颜色。

从沙岭子起运的，只有石头。东边有一个采石场——当地叫作“片石山”，每天十一点半钟放炮崩山。山已经被削去一半了。

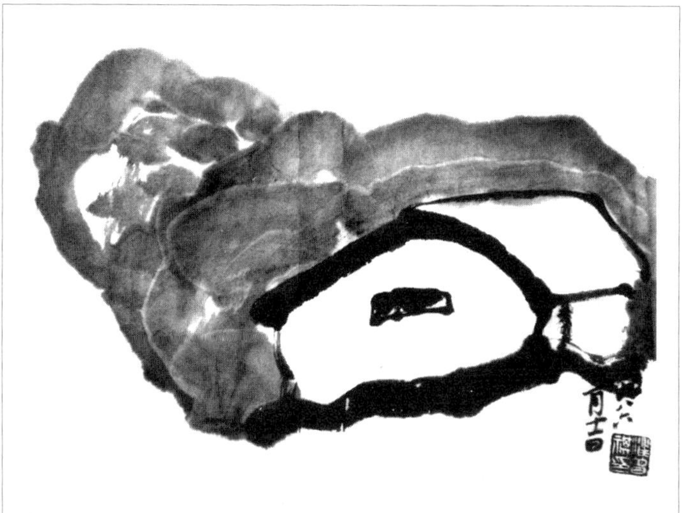

汪曾祺自画的在张家口沙岭子劳动时的住房

农科所原来的房子很好，疏疏朗朗，布置井然。迎面是一排青砖的办公室，整整齐齐。办公室后是一个空场。对面是种子仓库，房梁上挂了很多整株的作物良种。更后是食堂，再后是猪舍。东面是职工宿舍，有两间大的是单身合同工住的，每间可容三十人。我就在东边一间的一张木床上睡了将近三年，直到摘了右派帽子，结束劳动后，才搬到干部宿舍里，和一个姓陈的青年技术员合住一间。种子仓库西边有一条土路，略高出于地面。路之西，有一排矮矮的圆锥形的谷仓，状如蘑菇，工人们就叫它为“蘑菇仓库”，是装牲口饲料玉米豆的。蘑菇仓库以西，是马号。更西，是菜园、温室。农科所的概貌尽于此。此外，所里还有一片稻田，在沙岭子堡（镇）以南；有一片果园，在车站南。

头两年参加劳动，扎扎实实地劳动。大部分农活我差不多都干过。除了一些全所工人一齐出动的集中的突击性的活，如插秧、锄地、割稻子之外，我相对固定在果园干活。干得最多的是喷波尔多液。硫酸铜加石灰兑水，这就是波尔多液。果园一年不知道要喷多少次波尔多液，这是果树防病所必需的。梨树、苹果要喷，葡萄更是十天八天就得喷一回。果园有一本工作日记似的本本，记录每天干的活，翻开到处是“葡萄喷波尔多液”。这日记是由果园组组长填写的。不知道什么道理，这里的干部工人都把葡萄写成“芀芀”。两个字一样，为什么会读出两个字音呢？因为我喷波尔多液喷得细致，到后来这活都交给了我。波尔多液是天蓝色的，很漂亮。因为喷波尔多液的次数太多，我的几件白衬衫都变成浅蓝的了。

结束劳动后暂时无法分配工作，我就留在所里打杂，主要是画画。我曾参加过张家口地区农业展览会的美术工作，在画布或三合板上用水粉画白菜、萝卜、大葱、大蒜、短角牛、张北马。布置过一个超声波展览馆——那年不知怎么兴起了超声波，很多单位都试验这东西，好像这是一种增产的魔术。超声波怎么表现呢？这东西又看不见。我于是画了许多动物、植物、水产，农林牧副渔，什么都有，而在所有的画面上一律加了很多同心圆，表示这是超声波的振幅！我画过一套颇有学术价值的画册：《中国马铃薯图谱》。沽源有个马铃薯研究站，集中了全国各地的，各种品种的马铃薯。研究站归沙岭子农科所领导。领导研究，要出版一套图谱，绘图的任务交给了我。在马铃薯花盛开的时候，我坐上二饼子牛车到了沽源研究站。每天蹚着露水到地里掐一把花、几枝叶子，拿回办公室，插在玻璃杯里，照着画。我的工作实在是舒服透顶，不开会，不学习，没人管，自由自在，也没有指标定额，画多少算多少。画起来是不费事的。马铃薯的花大小只有颜色的区别，花形都一样；叶片也都差不多，有的尖一点，有的圆一点。花和叶子画完，画薯块。一个整个的马铃薯，一个剖面。画完一种薯块，我就把它放进牛粪火里烤熟了，吃掉。这里的马铃薯不下七八十种，每一种我都尝过。中国吃过那么多种马铃薯的人，大概不多。天冷了，马铃薯块还没有画完，有一部分是运到沙岭子画的。还是那样的舒服。一个人一间屋子，生一个炉子，画一块，在炉子上烤烤，吃掉。我还画过一套口蘑图谱，钢笔画。口蘑都是灰白色，不需要着色。

我就这样在沙岭子度过了四个年头。

一九八三年，我应张家口市文联之邀，去给当地青年作家讲过一次课。市文联的两个同志是曾和我同时下放沙岭子农科所劳

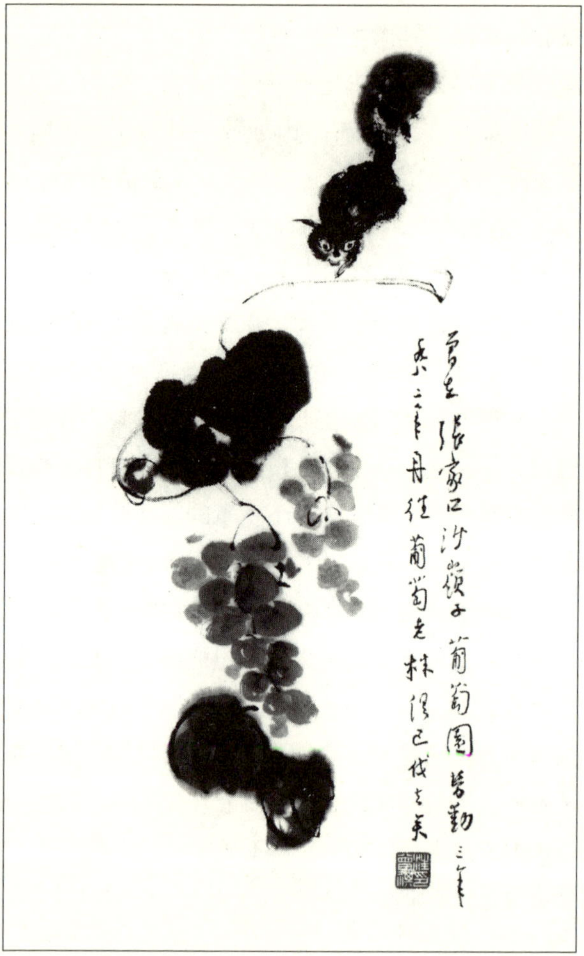

曾在张家口沙岭子葡萄园劳动三年。
一九八二年再往，葡萄老株俱已伐去矣。

动过的，他们为我安排的活动，自然会有一项：到沙岭子看看。吉普车开到农科所门前，下车看看，可以说是面目全非。盖了一座办公楼，是灰绿色的。我没有进去，但是觉得在里面办公是不舒服的，不如原先的平房宽敞豁亮。楼上下来一个人，是老王，我们过去天天见。老王见我们很亲热。他模样未变，但是苍老了。他说起这些年的人事变化，谁得了癌症；谁受了刺激，变得糊涂了；谁病死了；谁在西边一棵树上上了吊死了。说不清是什么原因。他说起所里“文化大革命”的一些情况，说起我画的那套马铃薯图谱在“文化大革命”中毁了，很可惜。我在的时候，他是大学刚刚毕业，现在大概是室主任了。那时他还没有结婚，现在女儿已经上大学了。真是“昔别君未婚，儿女忽成行”。他原来是个很精神的小伙子，现在说话却颇有不胜沧桑之感。

老王领我们到后面去看看。原来的格局已经看不出多少痕迹。种子仓库没有了，蘑菇仓库没有了。新建了一些红砖的房屋，横七竖八。我们走到最后一排，是木匠房。一个木匠在干活，是小王！我住在工人集体宿舍的时候，小王的床挨着我的床。我在的时候，所里刚调他去学木匠，现在他已经是四级工，带两个徒弟了。小王已经有两个孩子。他说起他结婚的时候，碗筷还是我给他买的，锁门的锁也是我给他买的，这把锁他现在还在用着。这些，我可一点不记得了。

我们到果园看了看。果园可是大变样了。原来是很漂亮的，葱葱茏茏，蓬蓬勃勃。那么多的梨树，那么多的苹果。尤其是葡萄，一行一行，一架一架，整整齐齐，真是蔚为大观。葡萄有很多别处少见的名贵品种：白香蕉、柔丁香、秋紫、金铃、大粒白、白拿破仑、黑罕、巴勒斯坦……现在，全都不见了。果园给我的感觉，是荒凉。我知道果树老了，需要更新，但何至于砍伐成这样呢？有一些新种的葡萄，才一人高，挂了不多的果。

遇到一个熟人，在给葡萄浇水。我想不起他的名字了。他原来是猪倌，后来专管“下夜”，即夜间在所内各处巡看。这是个窝窝囊囊的人，好像总没有睡醒，说话含糊不清，而且他不爱洗脸。他的老婆跟他可大不一样，身材颀长挺拔，而且出奇的结实，我们背后叫她阿克西尼娅。老婆对他“死不待见”。有一天，我跟他一同下夜，他走到自己家门口，跟我说：“老汪，你看着点，偓去闹渠一棰。”他是柴沟堡人。那里人说话很奇怪，保留了一些古音。“偓”即我（像客家话），“渠”即她（像广东话）。“闹渠一棰”是搞她一次。他进了屋，老婆先是不答应，直骂娘。后来没有声音了。待了一会儿，他出来了，继续下夜。我见了他，不禁想起那回事，问老王：“他老婆还是不待见他吗？”老王说：“他们已经有了两个孩子了。”我很想见见阿克西尼娅，不知她现在是什么样子。

去看看稻田。

稻田挨着洋河。洋河相当宽，但是常常没有水，露出河底的大块卵石。水大的时候可以齐腰。不能行船，也无须架桥。两岸来往，都是徒涉。河南人过来，到河边，就脱了裤子，顶在头上，一步一步蹚着水。因此当地人揶揄之道：“河南汉，咯吱咯吱两颗蛋。”

河南地薄而多山。天晴时，在稻田场上可以看到河南的大山，山是干山，无草木，山势险峻，皱皱褶褶，当地人说：“像羊肚子似的。”形容得很贴切。

稻田倒还是那样。地块、田埂、水渠、渠上的小石桥、地边的柳树、柳树下一间土屋，土屋里有供烧开水用的锅灶，全都没有变。二十多年了，好像昨天我们还在这里插过秧，割过稻子。

稻田离所里比较远。到稻田干活，一般中午就不回所里吃饭了，由食堂送来。都是蒸莜面饸饹，疙瘩白熬山药，或是一人一块咸菜。我们就攥着饸饹狼吞虎咽起来。稻田里有很多青蛙。有一个同我们一起下放的同志，是浙江人。他捉了好些青蛙，撕了皮，烧一堆稻草火，烤田鸡吃。这地方的人是不吃田鸡的，有几个孩子问："这东西好吃？"他们尝了一个："好吃好吃！"于是七手八脚捉了好多，大家都来烤田鸡，不知是谁，从土屋里翻出一碗盐，烤田鸡蘸盐水，就莜面，真是美味。吃完了，各在柳荫下找个地方躺下，不大一会儿，都睡着了。

在水渠上看见渠对面走来两个女的，是张素花和刘美兰。我过去在果园经常跟她们一起干活。我大声叫她们的名字。刘美兰手搭凉棚望了一眼，问："是不是老汪？"

一九八三年夏，重返张家口，在大境门留影。

“就是！”

“你咋会来了？”

“来看看。”

“一下来家吃饭。”

“不了，我要回张家口，下午有个会。”

“没事儿来！”

“来！——你和你丈夫还打架吗？”

刘美兰和丈夫感情不好，丈夫常打她，有一次把她的小手指都打弯了。

“偃都当了奶奶了！”

刘美兰和张素花不知道说了什么，两个人嘻嘻笑着，走远了。

重回沙岭子，我似乎有些感触，又似乎没有。这不是我所记忆、我所怀念的沙岭子，也不是我所希望的沙岭子。然而我所希望的沙岭子又应是什么样子的呢？我也说不出。我只是觉得这一代的人都糊里糊涂地老了。是可悲也。

注释

原载《作家》一九九〇年第三期。

严子陵钓台

我小时即对桐庐向往，因为看过影印的黄子久的《富春山居图》，知道那里有个严子陵钓台，还听过一个饶有情趣的故事：严子陵和汉光武帝同榻，把脚丫子放在刘秀的肚子上，弄得观察天文的太史大惊失色，次日奏道“昨天晚上客星犯帝座”……因此，友人约作桐庐小游，便欣然同意。

桐庐确实很美。吴均《与朱元思书》是古今写景名作。“自富阳至桐庐一百许里，奇山异水，天下独绝”，并非虚语。严子陵是余姚人，为什么会跑到桐庐来钓鱼？我想大概是因为这里的风景好。蔡襄说：“清风敦薄俗，岂是爱林泉。”恐怕“敦薄俗”是客观效果，

“爱林泉”是主观愿望。

中国叫钓鱼台的地方很多，钓鱼为什么要有个台？据我的经验，钓鱼无一定去处，随便哪里一蹲即可，最多带一个马扎子坐坐，没见过坐在台上钓鱼的。“钓鱼台”多半是假的。严子陵钓台在富春江边山上，山有东西两台。西台是谢翱恸哭天祥处，东台即子陵钓台。严子陵怎么会到山顶上钓鱼呢？那得多长的钓竿，多长的钓丝？袁宏道诗：“路深六七寻，山高四五里，纵有百尺竿，岂能到潭底？”诗有哲理，也很幽默。唐人崔儒《严先生钓台记》就提出：“吕尚父不应饵鱼，任公子未必钓鳌，世人名之耳。钓台之名，亦犹是乎？”这是很有见地的话。死乞白赖地说这里根本不是严子陵钓台，或者死乞白赖地去考证严子陵到底在哪里垂钓，这两种人都是“傻帽”。

对严子陵这个人到底该怎么看？

中国历史上有两个有名的钓鱼人，一个是姜太公，一个是严子陵。王世贞《钓台赋》说“渭水钓利，桐江钓名”，这说得有点刻薄。不过严子陵确是有争议的人物。

他的事迹很简单，《后汉书》有传。大略谓：“严光……少有高名，与光武同游学。及光武即位，乃变名姓，隐身不见。帝思其贤，乃令以物色访之。后齐国上言，有一男子披羊裘钓泽中。帝疑其光……”《后汉书》未说明这是什么季节，但后来写诗的大都认为这是夏天。盛暑披裘，是因为没有钱，换不下季来？还是“心静自然凉”，不怕热？无从猜测。于是，“乃备安车玄纁遣使聘之。三反而后至。舍北军”。他是住在警备部队的营房里的。刘秀派了司徒侯霸去看他，希望他晚上进宫去和刘秀说说话。严光不答，只口授了一封给刘秀的信，信只两句：“怀仁辅义天下悦，阿谀顺旨要领绝。”刘秀说：“狂奴故态也！”于是，当天就亲自去看他。严光躺着不起来，刘秀就在他的卧所，摸摸严光的肚子，说：“咄咄子陵，不可相助为理耶？”严光不应，过了好一会儿，才张开眼睛看了光武帝，说：“昔唐尧著德，巢父洗耳，士故有志，何至相迫乎？”帝曰：“子陵，我竟不能下汝耶？”于是叹息而去。过两天，又带严子陵进宫叙旧，这回倒是聊了很长时间，聊困了，“因共偃卧，光以足加帝腹上”。刘秀则抚摸严子陵的肚子，严子陵以足加帝腹，他们确实到了忘形的地步，君臣之间如此，很不容易。

刘秀封了严子陵一个官，谏议大夫。他不受。乃耕于富春山。建武十七年复特征，不至。年八十，终于家。

刘秀有《与严子陵书》，不知是哪一年写的，文章实在写得好，“古大有为之君，必有不召之臣，朕何敢臣子陵哉，惟此鸿业，若涉春冰，辟之疮痏，须杖而行。若绮里不少高皇，奈何子陵少朕也。箕山颍水之风，非朕所敢望”。汉人文章多短峭而情致宛然。光武此书，亦足以名世。

对于严子陵，有不以为然的。说得直截了当的是元代的贡师泰：“百战山河血未干，汉家宗社要重安。当时尽著羊裘去，谁向云台画里看？”说得很清楚，都像你们的反穿皮袄当隐士，这个国家谁来管呢？刘基的诗前两句比较委婉：“伯夷清节太公功，出处行藏岂必同。”后两句即讽刺得很深刻：“不是云台兴帝业，桐江无用一丝风！”刘伯温是帮助朱元璋打天下的，他当然不赞成严子陵的做法。

对严子陵颂扬的诗文甚多，不具引。最有名的是范仲淹的《严先生祠堂记》。范仲淹有两篇有名的“记”，一篇是《岳阳楼记》，一篇便是《严先生祠堂记》。此记最后的四句歌尤为千载传诵：“云山苍苍，江水泱泱。先生之风，山高水长。”范仲淹是政治家，功业甚著，他主张“先天下之忧而忧，后天下之乐而乐”，是很入世的，为什么又这样称颂严子陵这样出世的隐士呢？想了一下，觉得这是范仲淹衡量读书人的两种尺度，也是中国知识分子的两面。这两面常常同时存在于一个人的身上：立功与隐逸，或者各偏于一面，也无不可。范仲淹认为严子陵的风格可以使“贪夫廉，懦夫立，是大有功于名教也”。我想即到今天，这对人的精神还是有作用的。

注释

原载《作家》一九八八年第七期。

坝上

风梳着莜麦沙沙地响，
山药花翻滚着雪浪。
走半天见不到一个人，
这就是俺们的坝上。

——旧作《旅途》

香港人知道坝上的大概不多，但是不少人知道口蘑。口蘑的集散地在张家口市，但是出产在张家口地区的坝上。

张家口地区分坝上、坝下两个部分。我原来以为“坝”是水坝，不是的。所谓坝是一溜大山，齐齐的，远看倒像是一座大坝。坝上坝下，海拔悬殊。坝下七百米，坝上一千四，几乎是直上直下。汽车从万全县起爬坡，爬得很吃力。一上坝，就忽然开得轻快起来，撒开了欢。坝上是台地，非常平。北方人形容地面之平，说是平得像案板一样。而且非常广阔，一望无际。坝上下，温度也极悬殊。我上坝在九月初，原来穿的是衬衫，一上坝就披起了薄棉袄。坝上冬天冷到零下四十度。冬天上坝，汽车站都要检查乘客有没有大皮袄，曾经有人冻死在车上过。

坝上的地块极大。多大？说是有人牵了一头黄牛去犁地，犁了一趟回来，黄牛带回一只小牛犊，已经三岁了！

坝上的农作物也和坝下不同，不种高粱、玉米，种莜麦、胡麻、山药。莜麦和西藏的青稞麦是一类的东西，有点像做麦片的燕麦。这种庄稼显得非常干净，看起来像洗过一样，梳过一样。胡麻开着蓝花，像打着一把一把小伞，很秀气。山药即马铃薯。香港人是见过马铃薯的，但是种在地里的马铃薯恐怕见过的人不多。马铃薯开了花，真是像翻滚着雪浪。

坝上有草原，多马、牛、羊。坝上的羊肉不膻，因为羊吃了野葱，自己已经把膻味解了。据说过去北京东来顺卖涮羊肉的羊都是从坝上赶了去的。——不是用车运，而是雇人成群地赶去的。羊一路走，一路吃草，到北京才不掉膘。

口蘑很奇怪，长在一定的地方，不是到处长。长蘑菇的地方叫作“蘑菇圈”。在草地上远远看去，有一圈草特别绿，那就是蘑菇圈。蘑菇圈是正圆的。蘑菇就长在这一圈草里。——圈里不长，圈外也不长。有人说这地方过去曾扎过蒙古包，蒙古族人把吃剩的肉汤、骨头丢在蒙古包周围，这一圈土特别肥，所以长蘑菇。但据研究蘑菇的专家告诉我，兹说不可信。我采过蘑菇。下过雨，出了太阳，空气潮暖，蘑菇就出来了。从土里顶出一个小小的白帽，雪白的。哈，蘑菇！我第一次采到蘑菇，其惊喜不下于小时候第一次钓到一条鱼。

口蘑品种很多。伞盖背面菌丝作紫黑色的，叫“黑片蘑”，品最次。比较名贵的是青腿子、鸡腿子、白蘑。我曾亲自采到一个白蘑，晾干了，带回北京。一个白蘑做了一大碗汤，一家人都喝了，都说：“鲜极了！”口蘑要干制了才好吃，鲜口蘑不好吃，不像云南的鸡纵或冬菇。我在井冈山吃过才摘的鲜冬菇，风味绝佳，无可比拟。

坝上还出百灵。过去有那种游手好闲，不好好种地的人，即靠采蘑菇和扣百灵为生。百灵为什么要“扣”呢？因为它是落在地面上的。百灵的爪子不能拳曲，不能栖息在树上，——抓不住树枝。养百灵的笼里不要栖棍，只有一个“台”，百灵想唱歌，就登台表演。至于怎样“扣”，我则未闻其详。关里的百灵很多都是从“口外”去的。但是口外百灵到了关里得经过一段时间的调教，否则它叫起来带有口外的口音。咦，鸟还有乡音呀？

注释

原载一九八七年九月二十七日《大公报》。

八仙

我的老师浦江清先生（他教过我散曲）曾写过一篇《八仙考》。这是国内讲八仙的最完备的一篇文章。本文的材料都是从浦先生的文章里取来的，可以说是浦先生文章的一个缩写本。所以要缩写，是因为我对八仙一直很有兴趣，而浦先生的文章见到的人又不很多。当然也会间出己意，说一点我的看法。

小时候到一个亲戚家去拜寿。是这家的老太爷的整生日，很热闹，寿堂布置得很辉煌。最使我发生兴趣的是供桌上一堂“八仙人”。泥塑的头，衣服是绢制的，真是栩栩如生，好看极了。我看了又看，舍不得离开。

八仙的形成大概在宋元之际。最初好像出现在戏曲里。元人杂剧如马致远《吕洞宾三醉岳阳楼》、谷子敬《吕洞宾三度城南柳》、岳伯川《吕洞宾度铁拐李岳》、范子安《陈季卿误上竹叶舟》，都提到八仙，只是八仙的名单与后世稍有出入。明初的周宪王《诚斋杂剧》中《群仙庆寿蟠桃会》第四折毛女唱：

> （水仙子）这个是吕洞宾手把太阿携。这个是蓝采和身穿绿道衣。这个是汉钟离头挽双髽髻。这个是曹国舅拿着笊篱。这个是韩湘子将造化能移。这个是白髭髯唐张果。这个是皂罗衫铁拐李。这个是徐神翁喜笑微微。

除了缺一名何仙姑（多了一位徐神翁），与今天流传的已无区别。稍后，八仙出现在绘画里。王世贞《题八仙像后》云："八仙者，钟离、李、吕、张、蓝、韩、曹、何也。不知其会所由始，亦不知其画所由始。余所睹仙迹及图史亦详矣，凡元以前无一笔，而我明如冷起敬、吴伟、杜堇稍有名矣亦未尝及之。"更后，八仙就成为工艺美术的重要题材，凡瓷器、木雕、漆画、泥塑、面人、刺绣、剪纸，无不有八仙。不但八仙的形象为人熟悉，就是他们所持的"道具"，大家也都一望就知道：汉钟离的芭蕉扇、吕洞宾的宝剑、张果老的渔鼓简板、韩湘子的笛子、蓝采和的花篮、何仙姑的荷花、铁拐李的葫芦、曹国舅的拍板。这八样东西成了八位仙人的代表。这在工艺上有个专用名称，叫作"小八仙"。"小八仙"往往用飘舞的绸带装饰，这样才好看，也才有仙意。我曾在内蒙古的一个喇嘛庙的墙壁上看到堆塑出来的"小八仙"，这使我很为惊奇了：八仙和喇嘛教有什么关系呢？后来一想：大概修庙的工匠是汉族人，他就不管三七二十一，把他所熟悉的装饰图样安到喇嘛庙的墙上来了。喇嘛们也不知道这是什么东西，糊里糊涂地就接受了。于此可见八仙影响之广。中国人不认得八仙的大概很少。“八仙过海，各显其能”，“一个人唱不了《八仙庆寿》”已经成为家喻户晓的民间俗话。如果没有八仙，中国的民间工艺就会缺了一大块，中国人的精神生活也会缺了一块。

八仙是一个仙人集体，一个八人小组。但是他们之间其实没有多大关系。他们不是一个时代，也不是一个地方的人。他们不是一同成仙得道的。他们有个别的人有师承关系，如汉钟离和吕洞宾，吕洞宾和铁拐李，大多数并没有。比如何仙姑和韩湘子，可以说毫不相干。不知道这八位是怎样凑到一起的。因此像王世贞那样有学问的人，也“不知其会所由始”。

这八位，原来都是单个的仙人。

张果老比较实在，大概曾经有过这样一个人，其人见于正史，他是唐玄宗时人，隐于中条山，应明皇诏入朝，道号通玄先生。《旧唐书》《新唐书》皆入方士传。但是所录亦已异常。他的著名故事是骑驴。他乘一白驴，日行万里，休则折叠之，其厚如纸，置于巾箱中，乘则以水噀之，还成驴矣。这怎么可能呢？然而它分明写在“正史”里！大概唐玄宗好道，于是许多奇奇怪怪、不近情理的事，虽史臣也不得不相信。这以后，张果老和驴遂分不开了。单幅的张果画像，大都骑着驴。若是八仙群像，他大都也是地下走，因为画驴太占地方。别人都走着，他骑驴，也未免特殊化。单幅画张果老，往往画他倒骑毛驴。这实在是民间的一大创造。毛驴倒骑，咋走呢？这大概是有寓意的。倒骑，表示来去无定向，任凭毛驴随意地走，走到哪里算哪里，这样显出仙人的洒脱；另外，倒骑，是向后看。不看前而看后，有一点哲学的意味了。总之张果老倒骑毛驴，是可以使老百姓失笑，并且有所解悟的。至于此老何时从赵州桥上过，并在桥石上留下一串驴蹄的印迹，则不可考。“张果老骑驴桥上走”，《小放牛》的歌声传唱了有多少年了？

八仙里最出风头的是吕洞宾。吕洞宾据说名岩，大概是残唐五代时的人，读过书，屡举进士不第，后来学了道。元曲里关于他的仙迹特多，大都是度人。他后来，到了元朝，被王重阳创立的全真教（全真教为道教的一派，即北京的白云观邱处机所信奉的那一派）的宗师，地位很高了。不少地方都有他的专祠。山西的永乐宫就是他的专祠之一。著名的永乐宫壁画，画的就是此公的事迹。他俨然成了八人小组的小组长。他的出名是在岳州，即今岳阳。岳阳楼挹洞庭之胜，加以范仲淹作记，名重天下。“先天下之忧而忧，后天下之乐而乐”，千古名句。于是有人造出仙迹，说是吕洞宾曾在城南古寺留诗。诗共两首，被人传诵的是：

朝游鄂渚暮苍梧，
袖有青蛇胆气粗。
三醉岳阳人不识，
朗吟飞过洞庭湖。

诗写得真不赖，于仙风道骨之中含豪侠之气。但也有人怀疑这是江湖间人乘醉而作的奇纵之笔，未必真是仙迹。他的出名和汤显祖的《邯郸梦》很有关系。《三醉》一折慷慨淋漓，声容并茂，是冠生的名曲。民间流传他曾三戏白牡丹，在他的形象上加了一笔放荡的色彩。总之，他是一位风流倜傥的仙人，很有诗人气质。他的诗人气质是为老百姓所理解的，并且是欣赏的。

何仙姑一说是广州增城人，一说是永州人，总之是南方人，——她和张果老交谈大概是相当费事的。十四五岁时梦见神人教她食云母粉，一说是遇到仙人给了她枣子吃，一说是给了她桃子吃，于是“不饥无漏”。既不要吃东西，又不用解大小便，实在是省事得很。一说给她桃子吃的就是吕洞宾。她的本事只是能“言人休咎”。没有什么稀奇。她的出名和汤显祖也是有关系的。汤显祖《邯郸梦》写吕洞宾度卢生，即有名的“黄粱梦”故事。吕度卢生，事出有因。东华帝君敕修蓬莱山门，门外蟠桃一株，时有浩劫罡风，等闲吹落花片，塞碍天门。先是，吕洞宾度得何仙姑在天门扫花，后奉帝君旨，何姑证入仙班，需再找一人，接替何姑扫花之役，吕洞宾这才往赤县神州去度卢生。何仙姑扫花，纯粹是汤显祖想象出来的，以前没有人这样说过。不过《扫花》一折，词曲俱美，于是便流传开了。何仙姑送吕洞宾下凡，叮咛嘱咐，叫他早些回来，使人感到有一种说不出来的感情。“错教人遗恨碧桃花”，这说的是什么呢？腔也很软，很绵缠的。

汉钟离说不清是汉朝人还是唐朝人。一般都说他复姓钟离，名权。他是个大汉，梳着两个髽髻，“虬髯蓬鬓，睥睨物表”，相貌长得很不错。据说他会写字，写的字当然是龙飞凤舞，飘飘然很有仙人风度。他不知怎么在全真教的系统上变为东华帝君的大弟子，纯阳吕真人之师。到元世祖至元六年封赠“正阳开悟传道真君”，元武宗至大元年加赠“正阳开悟垂教帝君”，头衔极阔。但是实际上他并无任何事迹可传。他为什么拿把芭蕉扇？大概是因为他块儿大，怕热。

现在画里的蓝采和是个小孩子，很秀气，在戏里是用旦角扮的，以致赵瓯北竟以为他是女的，这实在是一大误会。他的事迹最早见于沈汾的《续仙传》。沈氏原传略云：“蓝采和不知何许人也。常衣破蓝衫，六銙黑木腰带阔三寸余，一脚著靴，一脚跣行。夏则衫内加絮，冬则卧于雪中，气出如蒸。每行歌于城市乞索，持大拍板长三尺余。……行则振靴，言曰：‘踏踏歌，蓝采和，世界能几何？红颜一春树，流年一掷梭！古人混混去不返，今人纷纷来更多。朝骑鸾凤到碧落，暮见桑田生白波。长景明晖在空际，金银宫阙高嵯峨。’……”大概此人本是一个行歌的乞者。他用“踏踏歌，蓝采和”作为歌曲的开头，是可能的。“蓝采和”是没有意义的泛声，类似近世的“呀呼嗨”。沈汾所录歌词一看就是文人的手笔。浦先生说：“好事者目为神仙，文人足成乐府”，极有见地。此人的相貌装束原本是相当邋遢的，后来不知怎么变俊了。他的大拍板也借给别人了，却给他手里塞了一个花篮。为什么派给他一个花篮，大概后人以为他姓蓝或篮，正如让何仙姑手执一朵荷花一样。

八仙里铁拐李的形象最为奇特。他架着单拐，是个跛子。他的来历有两种说法。元人杂剧以为他本姓岳，名寿，在郑州做都孔目，因忤韩魏公惊死，吕洞宾使他借李屠的尸首还了魂，度登仙箓。《东游记》则说他姓李名玄，得道以后，离魄朝山，命他的徒弟守尸，说明七天回来，而其徒守到六天，母亲病了，他要回家，就把李玄的尸首焚化了。李玄没法，只好借一饿殍还魂。总之，他原来不是这模样。现在的铁拐李具有二重性：别人的躯壳，他的灵魂。一个人借了别人的躯体而生活着，这将如何适应呢，实在是难以想象。

又有一说，他本来就跛，他姓刘。赵道一《真仙通鉴》有其传，略云："刘跛子，青州人也，拄一拐，每一岁，必一至洛中看花。……陈莹中素爱之，作长短句赠之曰：'槁木形骸，浮云生世，一年两到京华。又还乘兴，闲看洛阳花。闻道鞓红最好，春归后，终委泥沙。忘言处，花开花谢，不似我生涯。年华，留不住，饥餐困卧，触处为家。这一轮明月，本自无瑕。随分冬裘夏葛，都不会赤火黄芽。谁知我，春风一拐，谈笑有丹砂。'""春风一拐"，大是妙语！至于他怎么又姓了李呢，那就不晓得了。吁，神仙之事，难言之矣！

韩湘子是韩愈的侄子或侄孙。他的奇迹是"能开顷刻花"。他曾当着韩愈，取土以盆覆之，良久花开，乃碧花二朵，似牡丹差大，于花间拥出金字一联云："云横秦岭家何在，雪拥蓝关马不前。"韩愈不解是什么意思。后来韩愈以谏佛骨事贬潮州，一日途中遇雪，有一人冒雪而来，乃湘子也。湘子说："还记得花上句么，就是说的今天的事。"韩愈问这是什么地方，正是蓝关。韩文公嗟叹久之，说："我给你把诗补全了吧！"诗曰："一封朝奏九重天，夕贬潮阳路八千。本为圣朝除弊事，岂将衰朽惜残年？云横秦岭家何在，雪拥蓝关马不前。知汝远来应有意，好收吾骨瘴江边。”

元曲里有《蓝关记》。大概此类剧本还不少。韩文公是被韩湘了度脱的。韩愈一生辟佛，也不会信道，说他得度，实在冤枉。此类剧本，未免唐突先贤，因此臧晋叔的《元曲选》里不收。

八仙里顶不起眼的，是曹国舅。他几乎连一个名字都没有。有人查出，他大概叫曹佾。因为他是宋朝人，宋朝当国舅的只有这么一个曹佾。但是老百姓并不知道，多数老百姓连这个“佾”字也未必认识（这个字字形很怪）！他有什么事迹么？没有的。只知道“美仪度”，手里拿一个笊篱，化钱度日。用笊篱化钱，不知有什么讲究。除了曹国舅，别人好像没有这样干过。笊篱这东西和仙人实在有点“不搭界”，拿在手里也不大好看，南方人甚至有人不知道这是啥物事，于是便把蓝采和的大拍板借给他了，于是他便一天到晚唱曲子，蛮写意。

八仙的形象为什么流传得这样广？

八仙的形成与戏曲是有关系的。元代盛行全真教，全真教几乎成了国教。元曲里有“神仙道化”一科，这自然是受了全真教的影响。八仙和全真教的关系是密切的（吕洞宾、汉钟离都是祖师），但又不是那么十分密切。传说中的八仙故事和全真教的教义——以“澄心定意、抱元守一、存神固气”为“真功”，“济贫拔苦、先人后己、与物无私”为“真行”，实在说不上有多少内在的联系。对八仙有感情的人未必相信全真教。在全真教已经不很盛行的时候，八仙的形象也并没有失去光彩。这恐另有原因在。

原来这和祝寿是很有关系的。中国人的生活理想很重要的一条是长寿——不死。中国人是现实的，他们原来不相信天国，也不信来生，他们只愿意在现世界里多活一些时候，最好永远地活下去。理想的人物便是八仙。八仙有一个特点，即他们都是“地仙”，即活在地面上的神仙，也就是死不了的活人。他们是不死的，因此请他们来为生人祝寿，实在是最合适不过。八仙戏和庆寿关系很密切。胡应麟《少室山房笔丛》考八仙云：“今所见庆寿词尚是元人旧本。”周宪王编过两本庆寿剧。其《瑶池会八仙庆寿》第四折吕洞宾唱：

> （水仙子）汉钟离遥献紫琼钩。张果老高擎千岁韭。蓝采和漫舞长衫袖。捧寿面的是曹国舅。岳孔目这铁拐拄护得千秋。献牡丹的是韩湘子。进灵丹的是徐信守。贫道呵，满捧着玉液金瓯。

这唱的是给王母娘娘祝寿，实际上是给这一家办生日的“寿星”祝寿。我的那家亲戚的寿堂供桌上摆设着八仙人，其意义正是如此。

活得长久，当然很好。但如果活得很辛苦，那也没有多大意思，成了“活受”。必须活得很自在，那才好。谁最自在？神仙。“自在神仙”，“神仙”和“自在”几乎成了同义语。你瞧瞧八仙，那多自在啊！他们不用种地，不用推车挑担，也不用买卖经商，云里来，雾里去，扇扇芭蕉扇，唱唱曲子，吹吹笛子，耍耍花篮……他们不忧米盐，只要吃点鲜果，而且可以“不饥无漏”，嘿，那叫一个美，真是“神仙过的日子”！咱们凡人怎么能到得这一步呀！我简直地说：八仙是我们这个劳苦的民族对于逍遥的生活的一种缥缈的向往。我们的民族太苦了啊，你能不许他们有一点希望吗？我每当看到陕北剪纸里的吕洞宾或铁拐李，总是很感动。陕北呀，多苦呀，然而他们向往着神仙。因此，我不认为八仙在我们的民族心理上是一个消极的因素。

八仙何以是这八位？这没有什么道理可讲。中国人对数字有一种神秘观念，八是成数，即多数。以八聚人，是中国人的习惯。陶渊明《圣贤群辅录》列举了很多“八”，八这个，八那个。古代的道教里大概就有八仙。四川有“蜀八仙”。杜甫有《饮中八仙歌》。既云“饮中八仙”，当还有另外的八仙。到了元朝以后，因为已经有了这几位仙人的单独的故事流传，数一数，够八个了，便把他们组织了起来。把他们组织在一起，是为了画面的好看，王世贞《题八仙像后》云：“意或庸妄画工，合委巷丛俚之谈，以是八公者，老则张，少则蓝、韩，将则钟离，书生则吕，贵则曹，病则李，妇女则何，为各据一端作滑稽观耶！”“各据一端作滑稽观”，这揣测是近情理的。这八个人形象不同，放在一起，才能互相配衬，相得益彰。王世贞说这是“庸妄画工”搞出来的。“庸妄画工”，说得很不客气。但这是民间艺人的创造，则似可信。这组群像不大像是画院的待诏们的构思。也许这最初是戏曲演员弄出来的，为了找到各自不同的扮相。八仙究竟是先出现于戏曲，还是先出现于民间绘画呢？这不好说。我倾向于先出现于戏曲。不过他们后来成为工艺美术的重要题材，戏曲里反而不多见了，则是事实。

八仙在美术上的价值似不如罗汉。除了张果老、吕洞宾、铁拐李，个性都不很突出。就中最值得注意的是铁拐李。宋元人画单幅的仙人图以画铁拐李的为多，他的形象实在很奇特：浓眉，大眼，大鼻子，秃头，脑后有鬈发，下巴上长了一丛乱七八糟的连鬓胡子，驼背，赤足，架着一支拐，胳臂和腿部的肌肉都很粗壮，长了很多黑毛，手指头脚指头都很发达。他常常背了一个大葫芦，葫芦口冒出一股白气，白气里飞着几个红蝙蝠，他便瞪大了眼睛瞧着这几个蝙蝠。他是那样丑，又那样美；那样怪，又那样有人情。中国的神、仙、佛里有几个是很丑而怪的。铁拐李和罗汉里的宾头卢尊者、钟馗以及后来的济公，属于一类。以丑为美，以怪为美，这在中国人的审美观念里是一个值得研究的现象。

一九八五年八月十八日

苏三监狱

晚报载姜伟堂同志写的《"苏三监狱"纯系附会》，把玉堂春故事的来龙去脉说得很清楚。说苏三在洪洞县蹲过监狱实在是"老虎闻鼻烟"——没有那宗事儿。

一九六三年初，我曾到洪洞县去了一趟。县里有一位老先生，是苏三问题专家。他陪同我们参观了苏三的遗迹，还送了我们一本《苏三传说》的小册子。我当时在心里有点好笑：苏三成了洪洞县的乡贤了！

这位老先生陪我们参观了县大堂，指定一块方砖，说是苏三就是跪在这里受审的。我们"哦哦"。

接着就参观"苏三监狱"。这是一座很小

的监狱，监门只有一般人家的独扇门那样大。门头画着一只老虎头，这就是“狴犴”了。进门，有一溜低矮的房屋，瓦顶、砖墙、砖地，这是男监。穿过一条很窄的胡同（胡同两侧的瓦檐甚低，如系江洋大盗，稍有武功，可以毫不费事地纵身越狱），便是女监。女监是一座三合院，南、北、东面都是“监号”。老先生向我们介绍：北边的监号，就是苏三住的。院子里有一口井，叫作苏三井。井栏很小，只有一个大号洗脸盆那样大，却颇高。井栏是青石的，使我们不能不感动的，是井栏内侧有很多深深的道道，这是井绳拉出来的。从明朝拉到现在，几百年了，才能拉出这样深的绳道，啊呀！我不禁想起苏三从井里汲水，在井边梳头的样子。

洪洞县街上还有一家药铺，叫作 ×× 堂，传说赵监生毒死沈燕林的砒霜（原来是想毒死玉堂春的），就是从这家药铺买的。那装砒霜的青花瓷坛还保存着，用一块红绸子衬托着，放在柜台的一端，任人观看。据说这家药铺明朝就有。赵监生（如果有这个人）从这一家、这个坛子里买了砒霜，是有可能的——砒霜是剧毒，是不能随便换坛子的。

参观了这里，使我想起一个问题。我原来觉得洪洞县的人对苏三传说如此牵强附会，言之凿之，未免可笑。走在洪洞县的街上，我想：到底是谁可笑？是洪洞县人，还是对传说持怀疑态度的我？

注释

原载一九八六年十月六日《北京晚报》。

建文帝的下落

我对建文帝有一点感情，是因为学唱过《惨睹》。《惨睹》是传奇《千忠戮》的一折。《千忠戮》作者无考，大约是明末清初人。这部传奇写的是燕王朱棣攻破南京后，建文帝与大臣程济化装为僧道，流亡湖广、云南，备受迫害的故事。《惨睹》的唱词写得很特别，一折中用了八个“阳”字，唱昆曲的人故又别称之为“八阳”。“八阳”的曲子十分慷慨悲壮。头一句“收拾起大地山河一担装，四火皆空相”，破空而来，如果是有好嗓子的冠生，唱起来真是声如裂帛。这是昆曲里的名曲，一度十分流行。“家家‘收拾起’，户户‘不提防’”，可想见其盛况——“不提防”是

《长生殿·禅词》的开头："不提防余年值乱离。"我随中国作协作家赴云南访问团到云南，离昆明后第一站是武定狮子山。听说狮子山的正续禅寺，建文帝曾在那里住过，我于是很有兴趣。

狮子山郁郁葱葱，多奇树珍禽，流泉曲径，但山势并不很雄伟险峻。有人称它是"西南第一山"，未免夸大。

正续禅寺也算不得是一座大寺庙。如果把中国的寺庙划分等级，至多只能列入三等。但是附近几县来烧香的人很多，因为这里曾经住过一位皇帝。寺不在大，有帝则名。来烧香的善男信女当中，有人未必知道这位皇帝是建文帝，更不知道建文帝是怎样的一个皇帝，反正只要是皇帝就好。中国的农民始终对皇帝保持着崇敬。何况这位皇帝又当了和尚，或者这位和尚曾经是皇帝，这就在他们的崇敬心理上更增加了一个层次。

建文帝的下落是一个谜。《明史》只说"城破，宫中火起，帝不知所终"。"不知所终"，留下一个疑案。他当时没有死，流亡出去，是有可能的。但是是不是经湖广，到云南，并无确证。至于是不是往来滇西一带，又常常在正续禅寺歇足，就更难说了。但是清代有些在云南做过地方官的文人是愿意把这件事坐实了的。正续禅寺的大雄宝殿楹柱上有一副对联：

> 叔误景隆军，一片婆心原是佛；
> 祖兴皇觉寺，再传天子复为僧。

这说得还比较含混。寺后有惠帝祠，阁前有一副对联，就更加言之凿凿了：

僧为帝，帝亦为僧，数十载衣钵相传，正觉依然皇觉旧；

叔负侄，侄不负叔，八千里芒鞋徒步，狮山更比燕山高。

大雄宝殿后面还有一座殿，据说布局不似佛殿，而像皇家的朝廷，有丹陛、品级台。莫非建文帝当了和尚还要坐朝？后殿和惠帝祠都正在修缮，我们没有能进去看。看了惠帝塑像的照片，仍作皇帝的打扮，龙袍，戴着没有翅子的纱帽，端坐着，眼睛细长，胖乎乎的，腮帮子有点下坠。

大雄宝殿东侧有一小院，院中有亭，亭外有联。上联是写景的，没有记住，下联是“小亭曾是帝王居”。据说建文帝生前就住在这亭子里。我们坐在帝王居里的矮凳上喝了一杯茶。亭前花木甚多，木香花花大如小儿拳。

寺里的负责人请大家写字，在所难免。用隶书写了一副对联：

皇权僧钵千年梦，
大地山河一担装。

还请写一个横批，用行书写了四个大字：

是耶非耶

武定出壮鸡。我原来以为壮鸡就是一肥壮的鸡。不是的。所谓“壮鸡”，是把母鸡骟了，长大了，样子就有点像公鸡，味道特别鲜嫩。只有武定人会动这种手术。我只知道公鸡可骟，不知母鸡亦可骟也！

一九八七年四月三十日

注释

原载《大西南文学》一九八七年第十二期。

凤翥街

昆明大西门外有两条街，两条街的街名都起得富丽堂皇，一条叫凤翥街，一条叫龙翔街，其实是两条很小的街，与龙、凤一点关系没有。凤翥街是南北向的，从大西门前横过；龙翔街对着大西门，东西向，与凤翥街相交，成丁字形，龙翔街比较宽，也干净一些，但不如凤翥街热闹。

凤翥街北口有一座砖砌的小牌楼，大概是所谓里门。牌楼外有一小块空地，是背炭的苗族人卖炭的地方。这些苗族人是很辛苦的。他们从几十里外的山里把烧好的栎炭背到昆明来，一驮子不下二百斤，一路休息时炭驮子不卸下，只是找一个岩头或墙壁，把炭驮靠着，下面支一个“T”字形的木拐，人倚着一驮炭站一会儿，便算是休息了。他们吃的饭非常粗粝，只是通红的糙米饭，拌一点捶碎了的辣椒和盐。他们不用碗筷，饭装在一个本色白布口袋里，就着口袋吞食。边吃边把口袋口向外翻卷。吃完了，把口袋底翻过来，抖一抖，一顿饭就完事了。有学问的人讲营养，讲食物结构，人应该吃这个，需要吃那个，这些苗族人一辈子吃辣椒盐巴拌饭，也照样活。有一年日本飞机轰炸，这些苗族人没有防空常识，吓得四处乱跑，被机枪扫射，死伤了几个。

进这个小牌楼，才是正式的凤翥街。这条街主要是由茶馆、饭馆、纸烟店、骡马店、饼店和各色各样来来往往的行人构成的。

这条长约一百米左右的小街上倒有五家茶馆。

挨着小牌楼是一家很小的茶馆，只有三张茶桌。招呼茶座的是一个壮实而白皙的中年妇人。这女人很能生孩子。最小的一个已经四岁了，还不时自己解开妈妈的扣子，趴在胸前吸奶。她住家在街对面。丈夫是一个精瘦的老头子，他一天不露面，只在每天下午到茶馆里来，捧着一个蓝花大碗咕嘟咕嘟喝下一大碗牛奶。这是一头老种畜，除了抽鸦片，喝牛奶，就会制造孩子。这家茶馆还卖草鞋，房梁、墙壁，到处都是一串一串的草鞋。

走过几家，是一个绍兴人开的茶馆，这位绍兴老板很重乡情，只要不是本地人，他觉得都是同乡，他对西南联大的学生很有感情，联大学生去喝茶，没带钱，可以赊账。空手喝了茶，临了还能跟老板借几个钱到城里南屏大戏院去看一场电影。

街东一家是后来开的，用的是有盖带把的白瓷茶缸，有点洋气，——别家茶馆都用粗瓷青花盖碗。这一家是专卖西南联大学生的，本地人不来，喝不惯这种有把的茶缸，也听不懂这些大学生的高谈阔论。

从“洋”茶馆往南，隔一个牛肉馆，一个小饭馆，一家，茶桌茶具都很干净，给客人拿盖碗、冲开水的是一个十二三岁的半大孩子。这家孩子也多，三个，都是男孩子。这个小大人的身后老跟着一个弟弟，有时一边做生意，一边背上还用背篼背着一个小弟弟。这小大人手脚很勤快。他终年不穿鞋，赤脚在泥地上踏得吧嗒吧嗒地响。西南联大有个同学给这个小大人起了一个名字：“主任儿子”。

“主任儿子”茶馆斜对面是一家本街最大，也是地道昆明味儿的茶馆。这家茶馆在凤翥街的把角，茶馆的门面一边对着凤翥街，一边对着龙翔街，两街风景，往来行人，尽在眼底，真是一个闲看漫听的好地方。进门的都是每天必至的老茶客。他们落座后第一件事便是卷叶子烟。叶子烟装在一个牛皮制成、外涂黑漆的圆盒里，在家里预先剪成等长的一段一段，上面覆着一片菜叶，以使烟叶潮润。取出几根，外面选一片完整的叶子裹紧，一支一支排在桌上，依次燃吸。这工作做得十分细致。茶馆里每天有一个盲人打扬琴说书，愿意听就听一会儿，不愿听尽可小声说话。偶尔也有看相的来，一手执一个面贴红纸的朝笏似的硬纸片，上写“××山人”“××子”，一手拈着一根纸媒子，口称“送看手相不要钱”。走了一个，又来一个，但都无人搭理。不时有女孩子来卖葵花子，小声吆唤：“瓜子瓜。”这家茶馆每天要扫出很多瓜子皮。

凤翥街有三家纸烟店。一家挨着小牌楼，路东。架上没有几盒烟，主要卖花生米。卖东西的是姑嫂二人。小姑子脸盘和肩膀都很宽，涂脂抹粉，见人常作媚笑。她这儿卖花生米从来不上秤约，凭她的手抓，抓多少是多少。来买的如是个漂亮小伙子，就给得多；难看的，给得少，同样价钱，相差悬殊。联大同学发现了这个秘密，凡买花生米，都推一个“小生”去。嫂子也爱向人眉目传情，但眼光狡黠，不像小姑子那样直露。

另两家纸烟店门对门，各有主顾。除了卖纸烟火柴，当中还挂着一排金堂叶子。纸烟店代卖零酒。昆明的白酒分升酒、市酒两种。升酒美其名曰“玫瑰重升”，大体相当于北京的二锅头，和玫瑰了不相涉。市酒比升酒要便宜一半。昆明人有一种喝法，叫作“升掺市”，即一半升酒，一半市酒掺起来喝。

这条街上共有五家饭馆。最南的一家是一个扬州人开的，光顾的多为联大师生，本地人实在吃不惯这位大师傅的淮扬口味。他的拿手菜是过油肉，确实炒得很嫩。

街中有一家牛肉馆。这是一家回民馆，只卖牛肉。有冷片——大块牛肉白水煮得极酥，快刀切为薄片，蘸甜酱油吃；汤片——将冷片铺在碗中浇以滚汤；红烧——牛肉的带筋不成形的小块染以红曲，炖焖，连汤卖，所谓“红烧”，其实并不放酱油；牛肚——肚板、肚领整块煮熟，切薄片，浇汤，不知道为什么没有牛百叶。牛肚谓之“领肝”，不知道是不是对“肚”有什么忌讳？牛舌，亦煮熟切片浇汤，牛舌有个特别名称，叫作“撩青”，细想一下，是可以理解的，牛的舌头可不是“撩”青草的么？不过这未免太费思索了；牛肉馆偶有“牛大筋”卖，牛大筋是牛鞭，即牛鸡巴也，这是非常好吃的。牛肉馆卖米饭。要一碗白米饭、一个“冷片”、一碗汤菜，好吃实惠。

牛肉馆隔壁是一家汉民小饭馆，只卖爨荤小炒。昆明人把荤菜分为大荤和爨荤。大荤即煨炖的大块肉，爨荤是蔬菜加一点肉爆炒。这家的炒菜都是七寸盘，两三个人吃饭最为相宜。青椒炒肉丝、炒灯笼椒（红柿子椒）、炒菜花（昆明人叫椰花菜）、番茄炒鸡蛋等等。菜的味道很好，因为肉菜新鲜，油多火大。有一个菜我在别处没有吃过：炒青苞谷（嫩玉米），稍放一点肉末，加一点青辣椒，极清香爽口。

街的南端有两家较大的饭馆，一家在街西，龙翔街口，大茶馆的对面；一家在大西门右侧。这是两家地地道道的云南饭馆，顾客以马锅头为最多。

马锅头是凤翥街的重要人物。三五七八个人，三二十匹马，由昆明经富民往滇西运日用百货，又从滇西运土产回昆明。他们的装束一看就看得出来。都穿白色的羊皮板的背心，不钉纽扣，对襟两边有细皮条编缀的图案，有点像美国的西部英雄，脚下是厚牛皮底，上边用宽厚的黑色布条缝成草鞋的样子，说草鞋不是草鞋，说布鞋不是布鞋的那么一种鞋，布条上大都绣几朵红花，有的还钉了“鬼睒眼”（亮片）。上路时则多戴了黑色漆布制的凉帽。马锅头是很苦的，他们是在风霜里生活的人。沿途食宿，皆无保证。有时到了站头，只能拾一把枯柴焖一锅饭，用随身带着的刀子削一点牛干巴——牛肉割成长条，盐腌后晒干，下饭。他们有钱，运一趟货能得不少钱。他们的荷包里有钞票。有时还有银圆（滇西有的地方还使银圆）甚至印度的“半开”（金币）。他们一路辛苦，到昆明，得痛快两天（他们连人带马都住在卖花生米那家隔壁的马店里）。这是一些豪爽剽悍的男人。他们喝酒、吸烟，都是大口。他们吸起烟来很猛，不经喉咙，由口里直接灌进肺叶，吸时带飕飕的风声，好像是喝，几口，一支烟就吸完了。他们走进那两家云南馆子，一坐下首先要一盘“金钱片腿”——

火腿的肘部，煮熟切片，一层薄皮，包一圈肥肉，里面是通红的瘦肉，状如金钱；然后要别的菜：粉蒸肉、黄焖鸡、炸乳扇（羊奶浮面的薄皮，揭出、晾干）、烩乳饼（奶豆腐）……他们当然都是吃得盘光碗净的。但是吃相并不粗野，喝酒是不出声的，不狂呼乱叫。

街西那家云南馆子，晚市卖羊肉。昆明羊肉都是切成大块，用红曲染了，加料，煮在一口大锅里（只有护国路有一家，卖白汤羊肉）。卖时也是分门别类，如“拐骨”、“油腰”（昆明羊腰子好像特别大，两个熟腰子切出后就够半碗）、“灯笼”（眼睛），羊舌是不是也叫“撩青”，我就记不清了。

我们的体育老师侯先生有一次上课讲话，讲了一篇羊肉论。我们的体育课，除了跑步、投篮、跳高之外，教员还常讲讲话。这位侯先生名叫侯洛苟，学生便叫他“侯老狗”。其实侯先生是个很好的人，学生并不恨他，只怪他的名字起得不好。侯先生所论之羊肉，即大西门外云南馆子之羊肉也。上体育课怎么会讲起羊肉来呢？这是可以理解的。当时的大学生都很穷，营养不足，而羊肉则是偶尔还能吃得起一碗的。吃了羊肉，可增精力，这实在与体育有莫大之直接关系焉。侯先生上体育课谈羊肉的好处（主要是便宜）确实是出自对学生的关心，这一点我们是都感觉到的（他自己就常去吃一碗羊拐骨）。至于另一次他在上体育课时讲了半天狂犬病，我就不知道出于什么目的了。昆明有一阵闹狂犬病，但是大多数学生是不会被疯狗咬了的。倒是他说狂犬病亦名恐水病，得病人看到水就害怕，这倒是我以前没有听说过的，算是增长了一点知识。侯先生大概已经作古。这是个非常忠厚的人。

凤翥街有一家做一种饼，其实只是小酵的发面饼，在锅里先烙至半熟，再放在炉膛内两面烤一烤，炉膛里烧的是松毛——马尾松的针叶，因此有一点很特殊的香味。这种饼原来就叫作麦粑粑，因为联大的女生很爱吃这种饼，昆明人把女学生特别是外来的女学生叫“摩登”。有人便把这种饼叫作“摩登粑粑”。本是戏称，后来竟成了正式的名字。买两个摩登粑粑，到府甬道买四两叉烧肉夹着吃、喝一碗酽茶，真是上海人所说的“小乐胃”。昆明的叉烧比较咸，不像广东叉烧那样甜；比较干，不像广东的那样油乎乎、黏糊糊的。有一个广东女同学，一张长圆的脸，有点像个氢气球，我们背后就叫她“氢气球”。这位小姐上课总带一个提包。别的女同学的提包里无非是粉盒、口红、手绢之类，她的提包里却装了一包叉烧肉。我和她同上经济学概论，是个大教室，我们几个老是坐在最后面，她就取出叉烧肉分发给几个熟同学，我们就一面吃叉烧，一面听陈岱孙先生讲“边际效用”。这位氢气球小姐现在也一定已经当了奶奶了。

一九八六年我回了一趟昆明，特意去看了看龙翔街、凤翥街。龙翔街已经拆建，成了一条颇宽的马路。凤翥街还很狭小，样子还看得出来。有些房屋还是老的，但都摇摇欲坠，残破不堪了。旧有店铺，无一尚存。我那天是早晨去的，只有街的中段有很多卖菜的摊子，碧绿生鲜，还似当年。

一九八九年六月二十二日

注释

原载《海南纪实》一九八九年第二期（补），该期为终刊号。

初识楠溪江

楠溪江在浙江温州永嘉县。永嘉的出名是因为谢灵运。谢灵运曾为永嘉太守，于永嘉山水，游历殆遍。谢灵运是中国山水诗的鼻祖，那么永嘉可以说是山水诗的摇篮，永嘉山水之美可以想见。永嘉山水之美在楠溪江。然而世人知永嘉，知楠溪江者甚少。楠溪江一九八八年经国务院批准为国家级风景名胜区。此次列入国家级风景区者共四十二处，楠溪江是其中之一。然而楠溪江之名犹不彰，养在深闺人未识。

我们应温州市、永嘉县之邀，到永嘉去了一趟。游楠溪江，实只三天。匆匆半面，很难得其仿佛。但是我可以负责地向全世界宣告：楠溪江是很美的。

九 级 瀑

九级瀑在大若岩景区。大若岩旧写作大箬岩，“箬”不知道什么时候省写成“若”，我觉得还是恢复原字为好，何必省去不多的笔画呢。箬是矮棵的竹子，叶片甚大，可以包粽子，衬斗笠。我在井冈山看到过这种箬竹，很好看的。既名为大箬岩，可以有意识地多种一点这种竹子。

九级瀑不像黄果树和镜泊湖瀑布，以其雄壮宏伟摄人心魄；不像大龙湫一样因为飞流直下三千尺而使人目眩。九级瀑之奇，奇在瀑有九级。我在云南腾冲看过“三跌水”，瀑水三叠，已经叹为观止。像这样九级瀑布，实为平生所未见。九级瀑不是一瀑九级，是九条瀑布。九瀑源流，当是一脉，但一瀑一形，一瀑一景，段落分明，自成首尾，在二三公里、一二小时的游程中，能连续看到九瀑，全世界大概再也找不出来。

九级瀑景点还没有定名。导游的同志希望作家起个名字，永嘉籍作家陈惠芳征求我的意见，我想了想，说：“就叫‘九叠飞漈’吧。”本地人把瀑布叫作“漈”。“漈”字一般字典上没有，但是朱自清先生的《白水漈》一文中已经用过这个字。用“漈”，有点地方特点。温州籍作家林斤澜稍一沉吟，说：“挺好。”有人提出为每个漈取个名字。我和斤澜商量了一下，觉得以漈形取名，把游客的想象框死了，不如就照本地习惯，叫作“一漈”“二漈”“三漈”……斤澜深以为然。下山吃饭的时候，旁边的桌上已经摆好了笔墨，叫把这四个字写下来。横竖各写了一条。作九漈歌：

漈水来天上，
依山为九叠。
源流一脉通，
风景各异域。
或如匹练垂，
万古流日夕。
或分如燕尾，
左右各一撇。
或轻如雾縠，
随风自摇曳。
或泻入深潭，
潭水湛然碧。
或落石坝上，
訇然喷玉屑。
或藏岩隙中，
窅如云中月。
信哉永嘉美，
九漈皆奇绝。

出九级瀑，右折，为陶公洞，传是陶弘景隐居著书处。

陶弘景是中国道教史上的一个重要人物。他的思想很复杂，其源出于老庄，又受葛洪的神仙道教影响。他本是读书人，是儒家，做过官，仕齐拜左卫殿中将军，入梁，隐居不仕。他又吸取了佛教的某些观点。从他身上可以看出儒、释、道思想的互相渗透。他是药物学家，所著《本草经集注》收药物七百三十种。他是书法家，擅长草隶行书。他还是个诗人。他的《诏问山中何所有赋诗以答》是中国诗歌史上杰出的名篇：

山中何所有？
岭上多白云。
只可自怡悦，
不堪持赠君。

这四句诗毫无齐梁诗的绮靡习气，实开初唐五言绝句的先河。一个人一生留下这样四句诗，也就可以不朽了。

陶公洞是个可以引人低回向往的地方。陶弘景是值得纪念的人物，陶公洞内部应该收拾得更像样一些。现在洞里的情形实在不大好，有点乌烟瘴气。

永恒的船桅

石桅岩在鹤盛乡下岙村北。

下汽车，沿卵石路往下，上船。水不深，很平静，很清，而颜色绿如碧玉。夹岸皆削壁，回环曲折。群峰倒影映入水中，毫发不爽。船行影上，倒影稍稍晃动。船过后，即又平静无痕。是为“小三峡”。有人以为“小三峡”这个名字不好，叫作“小三峡”的地方太多了，而且也不像三峡。提出改一个名字。中国的“小三峡”确实不少，都不怎么像。“小三峡”嘛，哪能跟三峡一样呢，有那么一点三峡的意思就行了。一定要改一个名字，可以叫作“三峡小样”。但我看可以不必费那个事。“小三峡”，挺好，大家已经叫惯了。

小三峡两边山上树木葱茏，无隙处。偶见红树，鲜红鲜红，不是枫树，也不是乌桕，问之本地人，说这是野漆树。

我们坐的船，轻轻巧巧，一头尖翘。问林斤澜：“这也是蚱蜢舟么？”斤澜说：“也算。”幼年读李清照词：“闻说双溪春尚好，也拟泛轻舟。只恐双溪蚱蜢舟，载不动许多愁”，以为“蚱蜢”只是个比喻。斤澜小说中也提到蚱蜢舟，我以为是承袭了李清照的词句。没想到这是一个实体，永嘉把这种船就叫作蚱蜢舟。一般的蚱蜢舟比我们所坐的要小得多，只能容三四人（我们的船能坐二十人），样子很像蚱蜢。永嘉人所说的蚱蜢是尖头，绿色鞘翅，鞘翅下有桃红色膜翅的那一种，北京人把这种蚱蜢叫作“挂大扁儿”。我以为可以选一处蚱蜢舟较多的水边立一块不很大的石碑，把李清照的这首《武陵春》刻在上面（李清照曾流寓永嘉，这首词很可能是在永嘉作的）。字最好请一个女书法家来写，能填词的更好。

出小三峡，走一段卵石纵横的路（实是在卵石滩上踏出一条似有若无的路），又遇一片水，渡水至岸，有钢梯，蹑梯而上，至水仙洞。稍憩，出洞沿石级至峰顶。峰顶有野树一株，向内欹偃，极似盆景。树干不粗，而甚遒劲，树根深深扎进岩石中，真可谓“咬定青山”。迈过这棵大盆景，抚树一望，对面诸峰，争先恐后，奔奔沓沓，皆来相就。

首当其冲的山峰，犹如巨兽，曰“麒麟送子”。或以为“麒麟送子”，名不雅驯，拟改之为“驼峰”，以其形状更像一头奔跑而来的骆驼。我觉得也不必。天下山峰似骆驼而名为驼峰者多矣。山名与其求其形似，不如求其神似。“麒麟送子”好处在一“送”字。

沿石级而下，复至水仙洞略坐。洞不很大，可容二三十人。洞之末端渐狭小，有一个歪歪斜斜的铁烛架，算是敬奉水仙之处了。

据传，水仙是一少女，生前为人施药治病，后仙去，乡人为纪念她，名此洞曰：水仙洞。水仙洞不在水边，却在山顶。既在山顶，仍叫水仙，这是很有意思的。

我建议把水仙洞稍稍整治一下，在洞之末端凿出一个拱顶的小龛，内供水仙像。水仙像可向福建德化订制，白瓷，如“滴水观音”瓷像那样，形貌亦可略似观音，亦可持瓶滴水，但宜风鬟雾鬓，萧萧飒飒，不似观音那样庄肃。像不必大，二三尺即可。

作《水仙洞歌》：

往寻水仙洞，
却在山之巅。
想是仙人慕虚静，
幽居不欲近人寰。
朝出白云漫浩浩，
暮归星月已皎然。
不识仙人真面目，
只闻轻唱秋水篇。

在水仙洞口待渡（船工回家吃饭去了），至对岸，稍左，即石桅岩。“石”与“桅”本不相干，但据说多年来就是这样叫的，是老百姓起的名字。起名字的百姓，有点禅机。听说从某一角度看，是像船桅的，但从我们立足处，看不出，只觉得一尊巨岩，拔地而起。岩是火成花岗岩，岩面浅红色，正似中国山水画里的“浅绛”。岩净高三百零六米，巍然独立。四面诸峰不敢与之比高（诸峰皆只二百米左右），只能退避，但于远处遥望，尽其仰慕惶恐之忱。石桅岩通体皆石，岩顶、石缝，亦生草木，远视之，但如毛发痦痣而已。曾经有小伙子攀到山顶，伐倒几棵大树，没法运下岩，就心生一计，把树解为几段，用力推下。下岩一看，都已摔成碎片。

石桅岩之南，有一片很大的草坪，地极平，草很干净。在高岩乱石之间有这么一片天然草坪，也很奇怪。我们几个上了岁数的，在草坪上野餐了一次（年轻人都爬过后山到农民家吃饭去了）。煮芋头，炖番薯，炒米粉，红烧山鸡（山里养的鸡），饮农家自制的老酒，陶然醉饱。

作《石桅铭》：

石桅停泊，
历千万载。
阅几沧桑，
青颜不改。

传家耕读古村庄

参观苍坡村。楠溪多古村，苍坡是其一。这是一个“宋村”，原名苍墩，绍熙间为避光宗赵惇之讳而改。现在的木结构的寨门建于建炎二年，有志可查。国师李时日题寨门的对联“四壁青山藏虎豹，双池碧水贮蛟龙”至今犹在。苍坡建村，是有一个总体设计的，其构思是：文房四宝。村中有长方形的水池，是砚。池边有长石条，是墨（石条想是为了便于村民憩歇）。石条外有一条横贯全村的笔直的砖街，是笔——一个村里有这样一条笔直笔直的街，我还从未见过。可以说，这是我所见过的最直的街。整个村子是方的，是为纸。这样的设计，关涉到“风水”，无非是希望村里多出达官文人。红卫兵小将如果知道，一定会大骂一声：“封建！”但是整个村却因此而变得整齐爽朗，使人眼目明快。这个村没有遭到红卫兵的破坏，也许就因为风水好。

我见过一些古村民居，比如皖南的黟县。这里的民居设计和黟县大不相同。黟县古民居多是连院、高墙、小天井、小房间、小窗。窗槅雕刻精细，涂朱漆，勾金边，但采光很不好，卧房里黑洞洞的。所有建筑显得很拘谨，很局促。苍坡村的民居多木石结构，木构暴露，多为本色，薄墙充填，屋顶出檐大，显得很自由，很开阔，很豁达。这反映出两种不同的文化心理。黟县民居反映了商业社会文化。我在黟县一家的堂屋里看到一副木制朱地金字对联，上联是“为官好做商好能守业便好”（下联已忘），黟县民居格局，正与此种守成思想一致。苍坡民居则表现出一种耕读社会的文化。楠溪江畔一些村落宗谱族规都有类似词句：“读可荣身，耕可致富。勿游手好闲，自弃取辱。少壮荡废，老悔莫及。”永嘉文风极盛，志称“王右军导以文教，谢康乐继之，乃知向方”。因为长时期的熏陶，永嘉人的文化素质是比较高的。“人生其地者皆慧中而秀外，温文而尔雅。”这种秀外慧中、温文尔雅的风度，到今天，我们还能在楠溪江人身上感受得到。想要了解中国耕读社会文化形态，楠溪江古村，是仍然具有生命力的标本。

楠溪江村外多有路亭。路亭是村民歇脚、纳凉、闲谈、听剧曲道情的地方，形制各异，而皆幽雅舒畅。路亭是楠溪江沿岸风光的很有特点的点缀。

楠溪村头常有一两棵木芙蓉。永嘉土壤气候于木芙蓉也许特别适宜。我在上塘街边看到一棵芙蓉，主干有大碗口粗，有二层楼高，满树繁花，浅白殷红，衬着巴掌大的绿叶，十分热闹。芙蓉是灌木，永嘉的芙蓉却长成了大树，真是岂有此理！听永嘉人说，永嘉过去种芙蓉，是为了取其树皮打草鞋，现在穿草鞋的少了，芙蓉也种得少了。应该多种。我向永嘉县领导建议，可考虑以芙蓉为永嘉县花。听说温州已定芙蓉为市花，不禁怃然。后到温州，闻温州市花是茶花，不是芙蓉，那么芙蓉定为永嘉县花还是有希望的。但愿我的希望能成为现实。

赞苍坡村：

村古民朴，
天然不俗，
秀外慧中，
渔樵耕读。

清清楠溪水

嘉陵江被污染了，漓江被污染了，即武夷山九曲溪也不能幸免，全国唯一的一条真正没有被污染的江，只有楠溪江了。永嘉人呀，你们千万要把楠溪江保护好，为了全国人民的眼睛，拜托了！

楠溪江水质纯净，经化验，符合国家一级水标准。无论在哪里，舀起一杯楠溪水，你可以放心地喝下去，绝不会闹肚子。水是透明的。水中含沙量很少，即使是下了暴雨，江水微浑，过两三天，又复透明如初。透明到一眼可以看到江底。江底卵石，历历可数。江宽而浅。浅处只有一米。偶有深潭，也只有几米。江水平静，流速不大，但很活泼，不呆板。江水下滩，也有浪花，但不汹涌。过滩时竹筏工并不警告乘客“小心”。偶有大块卵石阻碍航路，筏工卷裤过膝，跳进水中，搬开石头，水即畅流，他即一步上筏，继续撑篙，若无其事。他很泰然，你也不必紧张，尽管踏踏实实地在竹椅上坐着。

乘坐竹筏，在楠溪江上漂上个把小时，真是绝妙的享受。我在武夷山九曲溪坐过竹筏。一来，九曲溪和武夷山互为宾主，人在竹筏上，注意力常在岸上的景点，仙人晒布、石虾蟆……左顾右盼，应接不暇，不能全心感受九曲溪。二来，九曲溪航程太短，有点像南宋瓦子里的“唱赚”，正堪美听，已到煞尾，不过瘾。楠溪江两岸都是滩林。滩林很美，但很谦虚，但将一片绿，迎送往来人，甘心作为楠溪江的陪衬，绝不突出自己。似乎总在对人说：“别看我，看江！”楠溪水程很长，可一百多公里。我们在江上漂了三个小时，如果不是因天黑了，还能再漂一个多小时。真是尽兴。在楠溪竹筏上漂着，你会觉得非常轻松，无忧无虑，一切烦恼委屈，油盐柴米，全都抛得远远的。你会不大感觉到自己的体重。大胖子也会感到自己不胖。来吧，到楠溪江上来漂一漂，把你的全身、全心都交给这条温柔美丽的江。来吧，来解脱一次，溶化一次，当一回神仙。来吧！来！

作《楠溪之水清》：

楠溪之水清，
欲濯我无缨。
虽则我无缨，
亦不负尔清。
手持碧玉杓，
分江入夜瓶。
三年开瓶看，
化作青水晶。

一九九一年十一月二十日

注释

原载一九九二年一月九日、一月二十三日、二月六日《中国旅游报》。

城隍·土地·灶王爷

城隍，《辞海》“城隍”条云：“护城河”，引班固《两都赋序》：“京师修宫室，浚城隍，起苑囿，以备制度。”既说是浚，当有水。但同书“隍”字条又注云：“没有水的护城壕。”到底是有水没有水？姑且不去管它，反正，城隍后来已经成为神。说是守护城池的神也可以，更准确一点，应说是坐镇一方之神。据《辞海》，最早见于记载的为芜湖城隍，建于三国吴赤乌二年。北齐慕容俨在郢城建城隍神祠一所。唐代以来郡县皆祭城隍。后唐清泰元年封城隍为王。宋以后祀城隍习俗更为普遍。明太祖洪武三年正式规定各府州县的城隍神，并加以祭祀。为什么历代这样重视城隍，以致朱元璋于立国之初就为此特别下了一个红头文件？

乾隆十七年，郑板桥在知潍县事任内曾修葺过潍县的城隍庙，撰过一篇《城隍庙碑记》。我曾见过拓本。字是郑板桥自己写的，写得很好，虽仍有“六分半书”笔意，但是是楷书，很工整，不似“乱石铺阶”那样狂气十足。这篇碑文实在是绝妙文章：

> ……故仰而视之，苍然者天也；俯而临之，块然者地也。其中之耳目口鼻手足而能言，衣冠揖让而能礼者，人也。岂有苍然之天而又耳目口鼻而人者哉？自周公以来，称为上帝，而俗世又呼为玉皇。于是耳目口鼻手足冕旒执玉而人之；而又写之以金，范之以土，刻之以木，琢之以玉；而又从之以妙龄之官，陪之以武毅之将。天下后世，遂裒裒然从而人之，俨在其上，俨在其左右矣。至如府州县邑皆各有城，如环无端，齿齿啮啮者是也；城之外有隍，抱城而流，而汤汤汩汩者是也。又何必乌纱袍笏而人之乎？而四海之大，九州之众，莫不以人祀之；而又予之以祸福之权，授之以死生之柄；而又两廊森肃，陪以十殿之王；而又有刀花、剑树、铜蛇、铁狗、黑风、蒸锅以俱之。而人亦裒裒然从而惧之矣。非惟人惧之，吾亦惧之。每至殿庭之后，寝宫之前，其窗阴阴，其风吸吸，吾亦毛发竖栗，状如有鬼者，乃知古帝王神道设教不虚也……

这是一篇写得曲曲折折的无神论。城，城也；隍，河也，“又何必乌纱袍笏而人之乎？”这已经说得很清楚。然而大家都“以人祀之；而又予之以祸福之权，授之以死生之柄”，“予之”“授之”，很可玩味。神本无权，唯人授之，这种“神权人授”的思想很有进步意义。谁授予神这样的权柄呢？下文自明。不但授之以权，而且把城隍庙搞得那样恐怖，人亦裒裒然从而惧之。“非惟人惧之，吾亦惧之”矣，这句话说得很幽默。郑板桥是真的害怕了吗？城隍庙总是阴森森的，“吾亦毛发竖栗，状如有鬼者”，郑板桥是真觉得有鬼么？答案在下面：“乃知古帝王神道设教不虚也。”郑板桥对古帝王的用心是一清二楚的。但是郑板桥并未正面揭穿（这怎么可能呢），而且潍县的城隍庙是在他的倡议下，谋于士绅而葺新的，这真是最大的幽默！我们对于明清之后的名士的思想和行事，总要于其曲曲折折处去寻绎。不这样，他们就无法生存。我一向觉得板桥的思想很通达，不图其通达有如此。

我们县里的城隍庙的历史是颇久的，有两棵粗可合抱的白果（银杏）树为证。庙相当大，两进大殿，前殿和后殿。前殿面南坐着城隍老爷，也称城隍菩萨，——这与佛教的“菩提萨埵”无关，中国的老百姓是把一切的神都可称为菩萨的，叫“老爷”时多。发亮的油白大脸，长眉细目，五绺胡须。大红缎地平金蟒袍。按说他只是县团级，但是派头却比县知事大得多，县官怎么能穿蟒呢。而且封了爵，而且爵位甚高，“敕封灵应侯”。如此僭越，实在很怪。他的职权是管生死和祸福。人死之后，即须先到城隍那里挂一个号。京剧《琼林宴》范仲禹的唱词云：“在城隍庙内挂了号，在土地祠内领了回文。”城隍庙正殿上有几块匾，除了“威灵显赫”之类外，有一块白话文的特大的匾，写的是“你也来了”。我们二伯母（我是过继给她的）病重，她的母亲（我应该叫她外婆）有一天半夜里把我叫起来，把我带到城隍庙去。我迷迷糊糊地去了。干什么？去“借寿”，即求城隍老爷把我的寿借几年（好像是十年）给二伯母。半夜里到城隍庙里去，黑咕隆咚的，真有点怕人。我那时还小，借几年就借几年吧，无所谓，而且觉得这是应该的。到城隍老爷那里去借寿，我想这是古已有之的习俗，不是我的外婆首创，因为所有仪注好像都有成规。不过借寿并不成功，我的二伯母过了两天还是死了。

我们那里的城隍庙有一个特别处，即后殿还有一个神像，也是五绺长须，但穿着没有城隍那样阔气。这位神也许是城隍的副手。他的名称很奇怪，叫“老戴”。城隍和老戴之间好像有个什么故事的，我忘了。

正殿前的两廊塑着各种酷刑行刑时的景象，即板桥碑记中所说的“刀花、剑树……”。我们那里的城隍庙所塑的是上刀山、下油锅、锯人、磨人等等，一共七十二种酷刑，谓之“七十二司”，这“司”是阴司的意思。七十二司分为十个相通连的单间，左廊右廊各五间。每一间有一个阎王，即板桥所说的“十王”。阎王是“王”，应该是“南面而王”，坐在正面。《聊斋·陆判》所说的十王殿的十王大概是坐在正面的，但多数的十王都是屈居在两廊，变成了陪客，甚至是下属了。我们县里的城隍庙、泰山庙都是这样。中国诸神的品级官阶也乱得很。十王中我只记得一个秦广王，其余的，对不起，全忘了。《玉历宝钞》上好像有十王的全部称号，且各有像（虽然都长得差不多），不难查到的。

城隍庙正殿的对面，照例有一座戏台。郑板桥碑记云：“岂有神而好戏者乎？是又不然。《曹娥碑》云：‘盱能抚节安歌，婆娑乐神’，则歌舞迎神，古人已累有之矣。诗云：‘琴瑟击鼓，以迓田祖’，夫田果有祖，田祖果爱琴瑟，谁则闻之？不过因人心之报称，以致其重叠爱媚于尔大神尔。今城隍既以人道祀之，何必不以歌舞之事娱之哉！”郑板桥这里说得有点不够准确。歌舞最初是乐神的，因为他是神，才以歌舞乐之，这是“神道”，并不是因为以人道祀之，才以歌舞之事娱之。到了后来，戏才是演给人看的，但还是假借了乐神的名义。很多地方的戏台都在庙里，都是“神台”。我们县城隍庙的戏台是演戏的重要场地，我小时看的许多戏都是站在戏台与正殿之间的砖地上看的。看的都是“大戏”，即京剧。但有一次在这个戏台上也演过梅花歌舞团那样的歌舞，这种节目演给城隍老爷看，颇为滑稽。

每年七月半，城隍要出巡，即把城隍的大驾用八抬大轿抬出来，在城里的主要街道上游一游。城隍出巡，前面是有许多文艺表演节目的，叫作“会”，许多地方叫“赛会”“出会”，我们那里叫“迎会”。参与迎会的，谓之“走会”。我乡迎会的情形，我在小说《故里三陈·陈四》中有较详细的描述，不赘。各地赛会，节目有同有异，高跷、旱船，南北皆有。北京的“中幡”“五虎棍”，我们那里没有。我们那里的“站高肩”，北方没有。

城隍的姓名大都无可稽考，但也有有案可查的。张岱《西湖梦寻·城隍庙》载：“吴山城隍庙，宋以前在皇山，旧名永固，绍兴九年徙建于此。宋初，封其神，姓孙名本。永乐时封其神为周新。”周新本是监察御史，弹劾敢言，被永乐杀了。“一日上见绯而立者，叱之，问为谁，对曰：‘臣新也，上帝谓臣刚直，使臣城隍浙江，为陛下治奸贪吏。’言已不见，遂封新为浙江都城隍。”这当然只是传说，永乐帝不会白日见鬼。但这记载说明一个问题，即城隍由上帝任命后，还得由人间的皇帝加封，否则大概是无效的。“都城隍”之名他书未见。周新是个省级城隍，比州、府、县的城隍要大，相当于一个巡抚了。都城隍不是各省都有。

《聊斋志异》以《考城隍》为全书第一篇，评书者都以为有深意焉，我看这只是寓言，寄托蒲松龄认为所有的官都应该考一考的愤慨耳。他说这是“予姊夫之祖宋公讳焘”的事情，宋焘亦未必有其人。

土地即社神。《风俗编·神鬼》：“凡今社神，俱呼土地。”其所管的地面是不大的，大体相当于明清的坊——凡土地都称为“当坊土地”，解放前的一个保。我家所住的一条街上，街的中段和东段即有两座土地祠。《聊斋·王六郎》后为招远县邬镇土地，管一个镇，也差不多。到了乡下，则随便哪个田头，都可立一个土地庙。《王六郎》是一篇写得很美的小说，文长，不具引。土地本也应是有名有姓的，但人都不知道。王六郎只名王六郎，那倒是因为他本没有名字，只是姓王，叫人“相见可呼王六郎”。他当了土地，仍叫王六郎么？这不免有失官体。有一位土地的名字倒是为人所知的，是北京国子监的土地，此人非别，乃韩愈也！韩愈当过国子监祭酒，与国子监有点老关系，但让他当国子监的土地爷，实在有点不大像话。我曾看过国子监的土地祠，比一架自鸣钟大不了多少。

河北农村有俗话：“别拿土地爷不当神仙！”事实上人们对土地爷是不大尊重的。土地祠（或亦称庙）很简陋，香火冷落，乡下给土地爷上供的只是一块豆腐。《西游记》孙悟空到了一处，遇到妖怪，不知是什么来头，便把土地召来，二话不说，叫土地老儿先把孤拐伸出来教老孙打五百棍解闷。孙悟空对土地的态度实即吴承恩对土地的态度，也是老百姓对土地的态度：不当一回事。因为，他是最小的神，或神里最小的官。

我们县别有都土地，那可不一样了。都土地祠亦称都天庙，连庙所在的那条巷子也叫都天庙巷。都天庙和城隍庙不能相比，小得多，但也有殿有庑。殿上坐着都土地，比城隍小一号，亦红蟒亦面长圆而白亮，无五绺须。我的家乡把长圆而肥白的脸叫作“都天脸”，此专指女人的面相，男人这样的脸很少，不知道为什么没有人说“城隍脸”。都土地管辖地界大致相当于一个区。他的封爵次于城隍一等，是“灵显伯”。父老相传，我所住在的北城的都土地是张巡。张巡怎么会跑到我的家乡来当一个区长级的都土地呢？这里既不是他的家乡（河南南阳），又不是他战死的地方（河南睢阳）？说北城都土地是张巡，根据的是什么？有这样一个在安史之乱时和安禄山打仗，城破而死的有名的忠臣当都土地，我们那一区的居民是觉得很光荣的。都土地也不是每个区都有。

土地城隍属于一个系统，他们的关系是上下级，如下：

土地→都土地→城隍→都城隍

都城隍的上面是什么呢？没有了，好像是一直通到玉皇大帝。土地的下面呢？也没有了，因为土地祠里并未塑有衙役皂隶。他们是上下级，是不是要布置任务，汇报工作？也许要的，但是咱们不知道。

祭灶的起源盖甚早。

《史记·孝武本纪》：“是时而李少君亦以祠灶、谷道、却老方见上，上尊之。”《索隐》：“如淳云：‘祠灶可以致福。’案：礼灶者，老妇之祭，盛于盆，尊于瓶。”这最初本是“老妇之祭”。晋代宗懔《荆楚岁时记》：“按礼器，灶者老妇之祭，‘尊于瓶，盛于盆’，言以瓶为樽，用盆盛馔也”，意思是拿瓶子当酒樽，用盆盛食物。老妇大概没钱，用不起正儿八经的器皿，只好这样马马虎虎，因陋就简。

祭灶本是求福，是很朴素的愿望，到了方士的手里，就变得神乎其神起来。《史记·孝武本纪》：“少君言于上曰：‘祠灶则致物，致物而丹沙可化为黄金，黄金成以为饮食器则益寿，益寿而海中蓬莱仙者可见，见之以封禅则不死，黄帝是也。”从祠灶到不死，绕了这样大一个圈子，汉代的方士真能胡说八道！而汉武帝偏偏就相信这种胡说八道！

祭灶的礼俗一直相沿不替。唐、五代的材料我没有来得及查，宋代则讲风俗的书几乎没有一本不提到祭灶的。

《东京梦华录》：“十二月……二十四日交年，都人至夜请僧道看经，备酒果送神，烧合家替代钱纸，贴灶马于灶上，以酒糟涂抹灶门，谓之‘醉司命’。”

《梦粱录》：“十二月……二十四日，不以穷富，皆备蔬食饧豆祀灶。”

《武林旧事》：“……二十四日，谓之‘交年’，祀灶用花饧米饵，及烧替代及作糖豆粥，谓之‘口数’。”

祭灶的祭品不拘，但有一样东西是必有的：饧。饧是古糖字，指用麦芽或谷芽熬成的糖，熬干了，就成了关东糖。我们那里就叫作“灶糖”。为什么要请灶王爷吃关东糖？《抱朴子·微旨》：“月晦之夜，灶神亦上天白人罪状。”原来灶王爷既是每一家的守护神，又是玉皇大帝的情报员——一个告密者。人在家里，不是在公开场合，总难免说点错话，办点错事，灶王爷一天到晚窃听监视，这受得了吗！人于是想出一个高招，塞他一嘴关东糖，叫他把牙粘住，使他张不开嘴，说不出人的坏话。不过灶王爷二十三或二十四上天，到除夕才回来，在天上要待一个星期，在玉皇大帝面前一句话也不说，玉皇大帝不觉得奇怪么？

以酒糟涂抹灶门，其用意与祭之以饧同，让他醉末咕咚的，他还能打小报告么？

灶王爷上天，是骑马去的。《东京梦华录》云："贴灶马于灶上。"我们那里是用红纸折一个小孩子折手工的纸马，祭毕烧掉。折纸马照例是我们一个堂姐的事。这实在有点儿戏。

我们那里的孩子捉蜻蜓，红蜻蜓是不捉的，说这是灶王爷的马。灶王爷骑了这样的马——蜻蜓，上天？

把灶王爷送上天，谓之"送灶"。送灶的日期各地不一样。我们那里一般人家是腊月二十四。俗话说："君（或军）三，民四，龟五。"按规定，娼妓家送灶应是二十五，不过妓女都不遵守。二十五送灶，这不等于告诉别人：我们家是妓女？北京送灶，则都在二十三。

到除夕，把灶王爷接回来，或谓之"迎灶"，我们那里叫作"接灶"。

谁参加祭灶？各地，甚至各家不一样。有的人家只许男的参加，女的不参加；有的人家则只有女的跪拜，男人不参与；我们家则男女都拜，先由男的拜，后由女的拜。我觉得应该由女的祭拜合适。女人一天围着锅台转，与灶王爷关系密切，而且，这本是"老妇之祭"，不关老爷们的事！

灶王爷是什么长相?《庄子·达生》:“灶有髻”,司马彪注:“髻,灶神,著赤衣,状如美女。”我见过木刻彩印的灶王像,面孔略圆,有二三十根稀稀疏疏的胡子,并不像美女,倒像个有福气的老封翁。我们家灶王龛里则只贴了一张长方的红纸,上写“东厨司命定福灶君”。

灶王爷姓什么,叫什么?《荆楚岁时记》说他“姓苏名吉利”。不单他,连他老婆都有名字:“妇姓王名抟颊。”但我曾看过一个华北的民间故事,说他名叫张三,因为做了见不得人的事,钻进了灶膛里,弄得一脸乌漆墨黑,于是成了灶王。北京俗曲亦云:“灶王爷本姓张”。他到底叫什么?吁,鬼神之事,难言之矣。

城隍、土地、灶君是和中国人民大众生活关系最密切的神。

这些神是“古帝王”造出来的神话,是谣言,目的是统一老百姓的思想,是“神道设教”。

老百姓也需要这样的神。这些神的意象一旦为老百姓所掌握,就会变成一种自觉的、宗教性的、固执的力量。没有这些神,他们就会失去伦理道德的标准、是非善恶的尺度,失去心理平衡,遑遑然不可终日。我们县的城隍,在北伐的时候曾由以一个姓黄的党部委员为首的一帮热血青年用粗绳拉倒,劈成碎片。这触怒了城乡的许多道婆子。我们县有很多的道婆子,她们没有任何文化,只会念一句“南无阿弥陀佛”,是神就拜,念“南无阿弥陀佛”,不管这神是什么教的神。不管哪个庙的香期,她们都去,一坐一大片,叫作“坐经”。她们的凝聚力很大,心很齐。她们听说城隍老爷被毁了,“哈!这还行!”她们一人拿了一炷香,要把姓黄的党部委员的家烧掉。黄某事先听到消息,越墙逃走，躲藏了好多天。这帮道婆子捐钱募化，硬是重新造了一个城隍老爷，和原来的一样。她们的道理很简单："怎么可以没有城隍老爷！"

愚昧是一种伟大的力量。

大多数人对城隍、土地、灶王爷的态度是"诚惶诚恐，不胜屏营待命之至"，但是也有人不是这样，有的时候不是这样。很多地方戏的"三小戏"都有《打城隍》《打灶王》，和城隍老爷、灶王爷开了点小小玩笑，使他们不能老是那样俨乎其然，那样严肃。送灶时给灶王喂点关东糖，实在表现了整个民族的幽默感。

也许正是这点幽默感，使我们这个民族不致被信仰的铁板封死。

一九九〇年十二月八日

注释

原载《中国文化》（半年刊）一九九一年第一期（总第四期）。

果园杂记

涂 白

一个孩子问我：干吗把树涂白了？

我从前也非常反对把树涂白了，以为很难看。

后来我到果园干了两年活，知道这是为了保护树木过冬。

把牛油、石灰在一个大铁锅里熬得稠稠的，这就是涂白剂。我们拿了棕刷，担了一桶一桶的涂白剂，给果树涂白。要涂得很仔细，特别是树皮有伤损的地方、坑坑洼洼的地方，要涂到，而且要涂得厚厚的，免得来年存留雨水，窝藏虫蚁。

涂白都是在冬日的晴天。男的、女的，穿了各种颜色的棉衣，在脱尽了树叶的果林里劳动着。大家的心情都很开朗，很高兴。

涂白是果园一年最后的农活了。涂完白，我们就很少到果园里来了。这以后，雪就落下来了。果园一冬天埋在雪里。

从此，我就不反对涂白了。

粉　蝶

我曾经做梦一样在一片盛开的茼蒿花上看见成千上万的粉蝶——在我童年的时候。那么多的粉蝶，在深绿的蒿叶和金黄的花瓣上乱纷纷地飞着，看得我想叫，想把这些粉蝶放在嘴里嚼，我醉了。

后来我知道这是一场灾难。

我知道粉蝶是菜青虫变的。

菜青虫吃我们的圆白菜。那么多的菜青虫！而且它们的胃口那么好，食量那么大。它们贪婪地、迫不及待地、不停地吃，吃得菜地里沙沙地响。一上午的工夫，一地的圆白菜就叫它们咬得全是窟窿。

我们用 DDT 喷它们，使劲地喷它们。DDT 的激流猛烈地射在菜青虫身上，它们滚了几滚，僵直了，噗的一声掉在了地上，我们的心里痛快极了。我们是很残忍的，充满了杀机。

但是粉蝶还是挺好看的。在散步的时候，草丛里飞着两个粉蝶，我现在还时常要停下来看它们半天。我也不反对国画家用它们来点缀画面。

波尔多液

喷了一夏天的波尔多液，我的所有的衬衫都变成浅蓝色的了。

硫酸铜、石灰，加一定比例的水，这就是波尔多液。波尔多液是很好看的，呈天蓝色。过去有一种浅蓝的阴丹士林布，就是那种颜色。这是一个果园的看家的农药，一年不知道要喷多少次。不喷波尔多液，就不成其为果园。波尔多液防病，能保证水果的丰收。果农都知道，喷波尔多液虽然费钱，却是划得来的。

这是个细致的活。把喷头绑在竹竿上，把药水压上去，喷在梨树叶子上、苹果树叶子上、葡萄叶子上。要喷得很均匀，不多，也不少。喷多了，药水的水珠糊成一片，挂不住，流了；喷少了，不管用。树叶的正面、反面都要喷到。这活不重，但是干完了，眼睛、脖颈，都是酸的。

我是个喷波尔多液的能手。大家叫我总结经验。我说：一、我干不了重活，这活我能胜任；二、我觉得这活有诗意。

为什么叫它"波尔多液"呢？——中国的老果农说这个外国名字已经说得很顺口了。这有个故事。

波尔多是法国的一个小城，出马铃薯。有一年，法国的马铃薯都得了晚疫病，——晚疫病很厉害，得了病的薯地像火烧过一样，只有波尔多的马铃薯却安然无恙。大伙琢磨，这是什么道理呢？原来波尔多城外有一个铜矿，有一条小河从矿里流出来，河床是石灰石的。这水蓝蓝的，是不能吃的，农民用它来浇地。莫非就是这条河，使波尔多的马铃薯不得疫病？

于是世界上就有了波尔多液。

中国的老农现在说这个法国名字也说得很顺口了。

去年，有一个朋友到法国去，我问他到过什么地方，他很得意地说：波尔多！

我也到过波尔多，在中国。

注释

原载《新观察》一九八〇年第五期。

金陵王气

我对南京几乎一无所知，也一无可记。

解放前我只去过南京一次，一九三六年夏天，去接受蒋介石检阅，听他“训话”。

国民党在学校里实行军事化，所有中学都派了军事教官，设军事课。当时强邻虎视，我们从初中时就每天听到“国难当头”的宣传教育，学生的救国意识都很浓厚，对军事化并无反感。

国民党政府规定高中一年级学生暑假要分地区集中军训。苏州、扬州、无锡、常州、江阴等地的高一学生在镇江集训。地点在镇江郊区的三十六标。“标”即营房，这名称大概是从清朝的绿营兵时代沿袭下来的。

集训无非是学科、术科、“筑城教范”、“打野外”、打靶……这一套。再就是听国民党中要人的演讲。如“中国国民党是中国青年的党，中国青年是中国国民党的青年”（叶楚伧语）；“信仰领袖要信仰到迷信的地步，服从领袖要服从到盲从的地步”（周佛海语）……

集训队有一个特殊人物，蒋纬国。他那时在苏州东吴大学读一年级（大学一年级学生也和高中一年级一同参加集训）。一到星期六下午，就听到政治处的秘书人声呼叫：“二少爷！二少爷！”不是南京来了长途电话，就是来接二少爷的汽车到了。“二少爷”长得什么模样，我当时就没有记住。

集中军训快要结束时，江浙两省的高一学生调集南京，去听委员长训话。

一九四八年冬，汪曾祺与施松卿结婚留影。

从镇江坐铁闷子车，到南京出站后整队齐步走，开往宿营处中央军校。一个个全都挺胸收腹，气宇轩昂。受了两个月的训，步伐很整齐，鞋底踏地，夸、夸、夸、夸……人行道上有两个外国年轻女人，看样子是使馆外交官的家属，随着我们的大队走，也是齐步走。我们喊："一、二、三——四！"她们也跟着一块喊。她们觉得很有趣，我们也觉得很有趣。这里有使馆，有使馆的年轻女人，让人感觉到这是"国府"所在地。

看了一些在当时看来是很高大华美的建筑，如励志社，觉得"国都"果然气势不凡。

树木很多。南京的绿化搞得很好，那时就打下了基础。听说现在有些高大的法国梧桐还是蒋介石时期种的。

听蒋介石训话的地方在中山陵。

中山陵设计得很好，甚至可以说是完美。蓝琉璃瓦顶，白墙，白柱。陵在半山，自平地至半山享堂有很多层极宽的石级，也是白色的。石级两侧皆植松柏。这种蓝白两色的设计思想，想来是和国民党的党旗青天白日有关，但来谒陵的人似乎不大有人联想到三民主义，只觉得很美，既很肃静，又很有气魄。我在美国曾和参加爱荷华写作计划的外国作家一同参观林肯墓，一位哥伦比亚诗人说他在南京看过中山陵，认为林肯墓不能和中山陵比，不如中山陵有气魄。他不知道林肯墓是"墓"，中山陵是"陵"呀！

蒋介石来了。穿的是草绿色毛料军服，裁剪得很合身。露出裤口外的马刺则是金色的。蒋介石这时的身体还挺不错，从平地到上面的平台，是缓步走上去的。

检阅的总指挥是桂永清，他那时是师长，是蒋介石的嫡系亲信。他上去向蒋介石报告。这家伙真有两下子，从平地到蒋介石站着的平台，是一直用正步走上去的！蒋介石的“训话”实在不精彩，只是把国民党的党歌像讲国文似的从头至尾讲了一遍。他讲一段，就用一个很大的玻璃杯喝一大杯水。有人猜想，这水是参汤。幸亏国民党的党歌很短，蒋介石的“训话”时间也不长，否则在大太阳下面立正太久，真受不了。

这一天给我们每人发了一个纸袋，内装一块榨菜、一块牛肉、两个小圆面包。这一袋东西我是什么时候吃掉的，记不得了。很好吃。以致我一想起南京，就想起榨菜牛肉圆面包。

第二天一早，我们就回镇江了。在南京，除了中山陵，哪儿也没去。

注释

原载《银潮》一九九三年第九期。

天山行色

行色匆匆。

——常语

南山塔松

所谓南山者，是一片塔松林。

乌鲁木齐附近，可游之处有二，一为南山，一为天池。凡到乌鲁木齐者，无不往。

南山是天山的边缘，还不是腹地。南山是牧区。汽车渐入南山境，已经看到牧区景象。两边的山起伏连绵，山势皆平缓，望之浑然，遍山长着茸茸的细草。去年雪不大，草很短。老远地就看到山间错错落落，一丛一丛的塔松，黑黑的。

汽车路尽，舍车从山涧两边的石径向上走，进入松林深处。

塔松极干净，叶片片片如新拭，无一枯枝，颜色蓝绿。空气也极干净。我们藉草倚树吃西瓜，起身时衣裤上都沾了松脂。

新疆雨量很少，空气很干燥，南山雨稍多，本地人说："一块帽子大的云也能下一阵雨。"然而也不过只是帽子大的云的那么一点雨耳，南山也还是干燥的。然而一棵一棵塔松密密地长起来了，就靠了去年的雪和那么一点雨。塔松林中草很丰盛，花很多，树下可以捡到蘑菇。蘑菇大如掌，洁白细嫩。

塔松带来了湿润，带来了一片雨意。

树是雨。

南山之胜处为杨树沟、菊花台，皆未往。

天池雪水

一位维吾尔族的青年油画家（他看来很有才气）告诉我：天池是不能画的，太蓝，太绿，画出来像是假的。

天池在博格达雪山下。博格达山终年用它的晶莹洁白吸引着乌鲁木齐人的眼睛。博格达是乌鲁木齐的标志，乌鲁木齐的许多轻工业产品都用博格达山做商标。

汽车出乌鲁木齐，驰过荒凉苍茫的戈壁滩，驰向天池。我恍惚觉得不是身在新疆，而是在南方的什么地方。庄稼长得非常壮大茁实，油绿油绿的，看了教人身心舒畅。路旁的房屋也都干净整齐。行人的气色也很好，全都显出欣慰而满足。黄发垂髫，并怡然自得。有一个地方，一片极大的坪场，长了一片极大的榆树林。榆树皆数百年物，有些得两三个人才抱得过来。树皆健旺，无衰老态。树下悠然走着牛犊。新疆山风化层厚，少露石骨。有一处，悬崖壁立，石骨尽露，石质坚硬而有光泽，黑如精铁，石缝间长出大树，树荫下覆，纤藤细草，蒙翳披纷，石壁下是一条湍急而清亮的河水……这不像是新疆，好像是四川的峨眉山。

到小天池（谁编出来的，说这是王母娘娘洗脚的地方，真是煞风景！）少憩，在崖下池边站了一会儿，赶快就上来了：水边凉气逼人。

到了天池，嗬！那位维吾尔族画家说得真是不错。有人脱口说了一句："春水碧于蓝。"

天池的水，碧蓝碧蓝的。上面，稍远处，是雪白的雪山。对面的山上密密匝匝地布满了塔松，——塔松即云杉。长得非常整齐，一排一排地，一棵一棵挨着，依山而上，显得是人工布置的。池水极平静，塔松、雪山和天上的云影倒映在池水当中，一丝不爽。我觉得这不像在中国，好像是在瑞士的风景明信片上见过的景色。

或说天池是火山口，——中国的好些天池都是火山口，自春至夏，博格达山积雪融化，流注其中，终年盈满，水深不可测。天池雪水流下山，流域颇广。凡雪水流经处，皆草木华滋，人畜两旺。作《天池雪水歌》：

明月照天山，
雪峰淡淡蓝。
春暖雪化水流澌，

流入深谷为天池。
天池水如孔雀绿，
水中森森万松覆。
有时倒映雪山影，
雪山倒影明如玉。
天池雪水下山来，
快笑高歌不复回。
下山水如蓝玛瑙，
卷沫喷花斗奇巧。
雪水流处长榆树，
风吹白杨绿火炬。
雪水流处有人家，
白白红红大丽花。
雪水流处小麦熟，
新面打馕烤羊肉。
雪水流经山北麓，
长宜子孙聚国族。
天池雪水深几许？
储量恰当一年雨。
我从燕山向天山，
曾度苍茫戈壁滩。
万里西来终不悔，
待饮天池一杯水。

天　山

天山大气磅礴，大刀阔斧。

一个国画家到新疆来画天山，可以说是毫无办法。所有一切皴法，大小斧劈、披麻、解索、牛毛、豆瓣，统统用不上。天山风化层很厚，石骨深藏在沙砾泥土之中，表面平平浑浑，不见棱角。一个大山头，只有阴阳明暗几个面，没有任何琐碎的笔触。

天山无奇峰，无陡壁悬崖，无流泉瀑布，无亭台楼阁，而且没有一棵树，——树都在“山里”。画国画者以树为山之目，天山无树，就是一大片一大片紫褐色的光秃秃的裸露的干山，国画家没了辙了！

自乌鲁木齐至伊犁，无处不见天山。天山绵延不绝，无尽无休，其长不知几千里也。

天山是雄伟的。

早发乌苏望天山

苍苍浮紫气，
天山真雄伟。
陵谷分阴阳，
不假皴擦美。
初阳照积雪，
色如胭脂水。

往霍尔果斯途中望天山

天山在天上，
没在白云间。
色与云相似，
微露数峰巅。
只从蓝襞褶，
遥知这是山。

伊犁闻鸠

到伊犁，行装甫卸，正洗着脸，听见斑鸠叫：

“鹁鸪鸪——咕，

鹁鸪鸪——咕……”

这引动了我的一点乡情。

我有很多年没有听见斑鸠叫了。

我的家乡是有很多斑鸠的。我家的荒废的后园的一棵树上，住着一对斑鸠。“天将雨，鸠唤妇”，到了浓阴将雨的天气，就听见斑鸠叫，叫得很急切：

“鹁鸪鸪，鹁鸪鸪，鹁鸪鸪……”

斑鸠在叫他的媳妇哩。

到了积雨将晴，又听见斑鸠叫，叫得很懒散：

“鹁鸪鸪，——咕！”

“鹁鸪鸪，——咕！”

单声叫雨，双声叫晴。这是双声，是斑鸠的媳妇回来啦。

蓼花无穗不垂头。

昔日在伊犁见伊犁河边长蓼花，甚喜，喜伊犁亦有蓼花，喜伊犁有水也。我到伊犁在一九八二年，距今十年矣。　曾祺记

“——咕”，这是媳妇在应答。

是不是这样呢？我一直没有踏着挂着雨珠的青草去循声观察过。然而凭着鸠声的单双以占阴晴，似乎很灵验。我小时常常在将雨或将晴的天气里，谛听着鸣鸠，心里又快乐又忧愁，凄凄凉凉的，凄凉得那么甜美。

我的童年的鸠声啊。

昆明似乎应该有斑鸠，然而我没有听鸠的印象。

上海没有斑鸠。

我在北京住了多年，没有听过斑鸠叫。

张家口没有斑鸠。

我在伊犁，在祖国的西北边疆，听见斑鸠叫了。

“鹁鸪鸪，——咕！”

“鹁鸪鸪，——咕！”

伊犁的鸠声似乎比我的故乡的要低沉一些，苍老一些。

有鸠声处，必多雨，且多大树。鸣鸠多藏于深树间。伊犁多雨。伊犁在全新疆是少有的雨多的地方。伊犁的树很多。我所住的伊犁宾馆，原是苏联领事馆，大树很多，青皮杨多合抱者。

伊犁很美。

洪亮吉《伊犁记事诗》云：

> 鹁鸪啼处却春风，
> 宛与江南气候同。

注意到伊犁的鸠声的，不是我一个人。

伊犁河

人间无水不朝东，伊犁河水向西流。

河水颜色灰白，流势不甚急，不紧不慢，汤汤洄洄，似若有所依恋。河下游，流入苏联境。

在河边小作盘桓。使我惊喜的是河边长满我所熟悉的水乡的植物。芦苇。蒲草。蒲草甚高，高过人头。洪亮吉《天山客话》记云："惠远城关帝庙后，颇有池台之胜，池中积蒲盈顷，游鱼百尾，蛙声间之。"伊犁河岸之生长蒲草，是古已有之的事了。蒲苇旁边，摇动着一串一串殷红的水蓼花，俨然江南秋色。

蹲在伊犁河边捡小石子，起身时发觉腿上脚上有几个地方奇痒，伊犁有蚊子！乌鲁木齐没有蚊子，新疆很多地方没有蚊子，伊犁有蚊子，因为伊犁水多。水多是好事，咬两下也值得。自来新疆，我才更深切地体会到水对于人的生活的重要性。

几乎每个人看到戈壁滩，都要发出这样的感慨：这么大的地，要是有水，能长多少粮食啊！

伊犁河北岸为惠远城。这是"总统伊犁一带"的伊犁将军的驻地，也是获罪的"废员"充军的地方。充军到伊犁，具体地说，就是到惠远。伊犁是个大地名。

惠远有新老两座城。老城建于乾隆二十七年，后为伊犁河水冲溃，废。光绪八年，于旧城西北郊十五里处建新城。

我们到新城看了看。城是土城，——新疆的城都是土城，黄土版筑而成，颇简陋，想见是草草营建的。光绪年间，清廷的国力已经很不行了。将军府遗址尚在，房屋已经翻盖过，但大体规模还看得出来。照例是个大衙门的派头，大堂、二堂、花厅，还有个供将军下棋饮酒的亭子。两侧各有一溜耳房，这便是“废员”们办事的地方。将军府下设六个处，“废员”们都须分发在各处效力。现在的房屋有些地方还保留当初的材料。木料都不甚粗大，有的地方还看得到当初的彩画遗迹，都很粗率。

新城没有多少看头，使人感慨兴亡，早生华发的是老城。

旧城的规模是不小的。城墙高一丈四，城周九里。这里有将军府，有兵营，有“废员”们的寓处，街巷市里，房屋栉比。也还有茶坊酒肆，有“却卖鲜鱼饲花鸭”“铜盘炙得花猪好”的南北名厨。也有可供登临眺望，诗酒流连的去处。“城南有望河楼，面伊江，为一方之胜”，城西有半亩宫，城北一片高大的松林。到了重阳，归家亭子的菊花开得正好，不妨开宴。惠远是个“废员”“谪宦”“迁客”的城市。“自巡抚以下至簿尉，亦无官不具，又可知伊犁迁客之多矣。”从上引洪亮吉的诗文，可以看到这些迁客下放到这里，倒是颇不寂寞的。

伊犁河那年发的那场大水，是很不小的。大水把整个城全扫掉了。惠远城的城基是很高的，但是城西大部分已经塌陷，变成和伊犁河岸一般平的草滩了。草滩上的草很好，碧绿的，有牛羊在随意啃啮。城西北的城基犹在，人们常常可以在废墟中捡到陶瓷碎片，辨认花纹字迹。

城的东半部的遗址还在。城里的市街都已犁为耕地，种了庄稼。东北城墙，犹余半壁。城墙虽是土筑的，但很结实，厚约三尺。稍远，右侧，有一土墩，是鼓楼残迹，那应该是城的中心。林则徐就住在附近。

据记载：鼓楼前方第二巷，又名宽巷，是林的住处。我不禁向那个地方多看了几眼。林公则徐，您就是住在那里的呀？

伊犁一带关于林则徐的传说很多。有的不一定可靠。比如现在还在使用的惠远渠，又名皇渠，传说是林所修筑，有人就认为这不可信：林则徐在伊犁只有两年，这样一条大渠，按当时的条件，两年是修不起来的。但是林则徐之致力新疆水利，是不能否定的（林则徐分发在粮饷处，工作很清闲，每月只需到职一次，本不管水利）。林有诗云："要荒天遣作箕子，此说足壮羁臣羁"，看来他虽在迁谪之中，还是壮怀激烈，毫不颓唐的。他还是想有所作为，为百姓做一点好事，并不像许多"废员"，成天只是"种树养花，读书静坐"（洪亮吉语）。林则徐离开伊犁时有诗云："格登山色伊江水，回首依依勒马看"，他对伊犁是有感情的。

惠远城东的一个村边，有四棵大青枫树。传说是林则徐手植的。这大概也是附会。林则徐为什么会跑到这样一个村边来种四棵树呢？不过，人们愿意相信，就让他相信吧。

这样一个人，是值得大家怀念的。

据洪亮吉《客话》云：废员例当佩长刀，穿普通士兵的制服——短后衣。林则徐在伊犁日，亦当如此。

伊犁河南岸是察布查尔。这是一个锡伯族自治县。锡伯人善射，乾隆年间，为了戍边，把他们由东北的呼伦贝尔迁调来此。来的时候，戍卒一千人，连同家属和愿意一同跟上来的亲友，共五千人，路上走了一年多。——原定三年，提前赶到了。朝廷发下的差旅银子是一总包给领队人的，提前到，领队可以白得若干。一路上，这支队伍生下了三百个孩子！

这是一支多么壮观的，富于浪漫主义色彩，充满人情气味的

林则徐充军伊犁，后赦归至河南，督治河工，离伊犁时有诗句云：格登山色伊江水，回首依依勒马看。此画伊犁河所见。我到新疆在一九八二年，距今十四年矣。 一九九六年秋 曾祺记队伍啊。五千人，一个民族，男男女女，锅碗瓢盆，全部家当，骑着马，骑着骆驼，乘着马车、牛车，浩浩荡荡，迤迤逦逦，告别东北的大草原，朝着西北大戈壁，出发了。落日，朝雾，启明星，北斗星。搭帐篷，饮牲口，宿营。火光，炊烟，茯茶，奶子。歌声，谈笑声。哪一个帐篷或车篷里传出一声啼哭，“呱——”又一个孩子出生了，一个小锡伯人，一个未来的武士。

一年多。

三百个孩子。

锡伯人是骄傲的。他们在这里驻防二百多年，没有后退过一步。没有一个人跑过边界，也没有一个人逃回东北，他们在这片土地扎下了深根。

锡伯族到现在还是善射的民族。他们的选手还时常在各地举行的射箭比赛中夺标。

锡伯人是很聪明的，他们一般都会说几种语言，除了锡伯语，还会说维吾尔语、哈萨克语、汉语。他们不少人还能认古满文。在故宫翻译、整理满文老档的，有几个是从察布查尔调去的。

英雄的民族！

雨晴，自伊犁往尼勒克车中望乌孙山

一痕界破地天间，
浅绛依稀暗暗蓝。
夹道白杨无尽绿，
殷红数点女郎衫。

尼勒克

站在尼勒克街上，好像一步可登乌孙山。乌孙故国在伊犁河上游特克斯流域，尼勒克或当是其辖境。细君公主、解忧公主远嫁乌孙，不知有没有到过这里。汉代女外交家冯嫽夫人是个活跃人物，她的锦车可能是从这里走过的。

尼勒克地方很小，但是境内现有十三个民族。新疆的十三个民族，这里全有。喀什河从城外流过，水清如碧玉，流甚急。

山形依旧乌孙国，
公主琵琶尚有声。
至今团聚十三族，
不尽长河绕故城。

唐巴拉牧场

在乌鲁木齐，在伊犁，接待我们的同志，都劝我们到唐巴拉牧场去看看，说是唐巴拉很美。

唐巴拉果然很美，但是美在哪里，又说不出。勉强要说，只好说：这儿的草真好！

喀什河经过唐巴拉，流着一河碧玉。唐巴拉多雨。由尼勒克往唐巴拉，汽车一天到不了，在卡提布拉克种蜂场住了一夜。那一夜就下了一夜大雨。有河，雨水足，所以草好。这是一个绿色的王国，所有的山头都是碧绿的。绿山上，这里那里，有小牛在慢悠悠地吃草。唐巴拉是高山牧场，牲口都散放在山上，尽它自已漫山瞎跑，放牧人不用管它，只要隔两三天骑着马去看看，不像内蒙古，牲口放在平坦的草原上。真绿，空气真新鲜，真安静，——一点声音都没有。

我们来晚了。早一个多月来，这里到处是花。种蜂场设在这里，就是因为这里花多。这里的花很多是药材，党参、贝母……蜜蜂场出的蜂蜜能治气管炎。

有的山是杉山。山很高，满山满山长了密匝匝的云杉。云杉极高大。这里的云杉据说已经砍伐了三分之二，现在看起来还很多。招待我们的一个哈萨克牧民告诉我们：林业局有规定，四百年以上的，可以砍；四百年以下的，不许砍。云杉长得很慢。他用手指比了比碗口粗细："一百年，才这个样子！"

到牧场，总要喝喝马奶子，吃吃手抓羊肉。

马奶子微酸，有点像格瓦斯，我在内蒙古喝过，不难喝，但也不觉得怎么好喝。哈萨克人可是非常爱喝。他们一到夏天，就高兴了：可以喝"白的"了。大概他们冬天只能喝砖茶，是黑的。马奶子要夏天才有，要等母马下了驹子，冬天没有。一个才会走路的男娃子，老是哭闹。给他糖，给他苹果，都不要，摔了。他妈给他倒了半碗马奶了，他巴呷巴呷地喝起来，安静了。

招待我们的哈萨克牧人的孩子把一群羊赶下山了。我们看到两个男人把羊一只一只周身揣过，特别用力地揣它的屁股蛋子。我们明白，这是揣羊的肥瘦（羊们一定不明白，主人这样揣它是干什么），揣了一只，拍它一下，放掉了；又重捉过一只来，反复地揣。看得出，他们为我们选了一只最肥的羊羔。

哈萨克吃羊肉和内蒙古不同，内蒙古是各人攥了一大块肉，自己用刀子割了吃。哈萨克是：一个大瓷盘子，下面衬着煮烂的面条，上面覆盖着羊肉，主人用刀把肉割成碎块，大家连肉带面抓起来，送进嘴里。

好吃么？

好吃！

吃肉之前，由一个孩子提了一壶水，注水遍请客人洗手，这风俗近似阿拉伯、土耳其。

“唐巴拉”是什么意思呢？哈萨克主人说：听老人说，这是蒙古话。从前山下有一片大树林子，蒙古族人每年来收购牲畜，在树上烙了好些印子（印子本是烙牲口的），作为做买卖的标志。唐巴拉是印子的意思。他说：也说不准。

赛里木湖·果子沟

乌鲁木齐人交口称道赛里木湖、果子沟。他们说赛里木湖水很蓝；果子沟要是春天去，满山都是野苹果花。我们从乌鲁木齐往伊犁，一路上就期待着看看这两个地方。

车出芦草沟，迎面的天色沉了下来，前面已经在下雨。到赛里木湖，雨下得正大。

赛里木湖的水不是蓝的呀。我们看到的湖水是铁灰色的。风雨交加，湖里浪很大。灰黑色的巨浪，一浪接着一浪，扑面涌来，撞碎在岸边，溅起白沫。这不像是湖，像是海。荒凉的，没有人迹的，冷酷的海。没有船，没有飞鸟。赛里木湖使人觉得很神秘，甚至恐怖。赛里木湖是超人性的。它没有人的气息。

湖边很冷，不可久留。

林则徐一八四二年（距今整一百四十年）十一月五日，曾过赛里木湖。林则徐日记云："土人云：海中有神物如青羊，不可见，见则雨雹。其水亦不可饮，饮则手足疲软，谅是雪水性寒故耳。"林则徐是了解赛里木湖的性格的。

到伊犁，和伊犁的同志谈起我们见到的赛里木湖，他们都有些惊讶，说："真还很少有人在大风雨中过赛里木湖。"

赛里木湖正南，即果子沟。车到果子沟，雨停了。我们来得不是时候，没有看到满山密雪一样的林檎的繁花，但是果子沟给我留下一个非常美的印象。

吉普车在山顶的公路上慢行着，公路一侧的下面是重重复复的山头和深浅不一的山谷。山和谷都是绿的，但绿得不一样。浅黄的、浅绿的、深绿的。每一个山头和山谷多是一种绿法。大抵越是低处，颜色越浅；越往上，越深。新雨初晴，日色斜照，细草丰茸，光泽柔和，在深深浅浅的绿山绿谷中，星星点点地散牧着白羊、黄犊、枣红的马，十分悠闲安静。迎面陡峭的高山上，密密地矗立着高大的云杉。一缕一缕白云从黑色的云杉间飞出。这是一个仙境。我到过很多地方，从来没有觉得什么地方是仙境。到了这儿，我蓦然想起这两个字。我觉得这里该出现一个小小的仙女，穿着雪白的纱衣，披散着头发，手里拿一根细长的牧羊杖，赤着脚，唱着歌，歌声悠远，回绕在山谷之间……

从伊犁返回乌鲁木齐，重过果子沟。果子沟不是来时那样了。草、树、山，都有点发干，没有了那点灵气。我不复再觉得这是一个仙境了。旅游，也要碰运气。我们在大风雨中过赛里木，雨后看果子沟，皆可遇而不可求。

汽车转过一个山头，一车的人都叫了起来："哈！"赛里木湖，真蓝！好像赛里木湖故意设置了一个山头，挡住人的视线。

绕过这个山头，它就像从天上掉下来的似的，突然出现了。

真蓝！下车待了一会儿，我心里一直惊呼着：真蓝！

我见过不少蓝色的水。“春水碧于蓝”的西湖，“比似春莼碧不殊”的嘉陵江，还有最近看过的博格达雪山下的天池，都不似赛里木湖这样的蓝。蓝得奇怪，蓝得不近情理。蓝得就像绘画颜料里的普鲁士蓝，而且是没有化开的。湖面无风，水纹细如鱼鳞。天容云影，倒映其中，发宝石光。湖色略有深浅，然而一望皆蓝。

上了车，车沿湖岸走了二十分钟，我心里一直重复着这一句：真蓝。远看，像一湖纯蓝墨水。

赛里木湖究竟美不美？我简直说不上来。我只是觉得：真蓝。我顾不上有别的感觉，只有一个感觉——蓝。

为什么会这样蓝？有人说是因为水太深。据说赛里木湖水深至九十米。赛里木湖海拔二千零七十三米，水深九十米，真是不可思议。

“赛里木”是突厥语，意思是祝福、平安。突厥的旅人到了这里，都要对着湖水，说一声：

“赛里木！”

为什么要说一声“赛里木！”是出于欣喜，还是出于敬畏？

赛里木湖是神秘的。

苏公塔

苏公塔在吐鲁番。吐鲁番地远，外省人很少到过，故不为人所知。苏公塔，塔也，但不是平常的塔。苏公塔是伊斯兰教的塔，不是佛塔。

据说，像苏公塔这样的结构的塔，中国共有两座，另一座在南京。

塔不分层。看不到石基木料。塔心是一砖砌的中心支柱。支柱周围有盘道，逐级盘旋而上，直至塔顶。外壳是一个巨大的圆柱，下丰上锐，拱顶。这个大圆柱是砖砌的，用结实的方砖砌出凹凸不同的中亚风格的几何图案，没有任何增饰。砖是青砖，外面涂了一层黄土，呈浅土黄色。这种黄土，本地所产，取之不尽，土质细腻，无杂质，富黏性。吐鲁番不下雨，塔上涂刷的土浆没有被冲刷的痕迹。二百余年，完好如新。塔高约相当于十层楼，朴素而不简陋，精巧而不烦琐。这样一个浅土黄色的、滚圆的巨柱，拔地而起，直向天空，安静肃穆，准确地表达了穆斯林的虔诚和信念。

塔旁为一礼拜寺，颇宏伟，大厅可容千人，但外表极朴素，土筑、平顶。这座礼拜寺的构思是费过斟酌的。不敢高，不与塔争势；不欲过卑，因为这是做礼拜的场所。整个建筑全由平行线和垂直线构成，无弧线，无波纹起伏，亦呈浅土黄色。

圆柱形的苏公塔和方正的礼拜寺造成极为鲜明的对比，而又非常协调。苏公塔追求的是单纯。

令人钦佩的是造塔的匠师把蓝天也设计了进去。单纯的，对比着而又协调着的浅土黄色的建筑，后面是吐鲁番盆地特有的明净无滓湛蓝湛蓝的天宇，真是太美了。没有蓝天，衬不出这种浅土黄色是多么美。一个有头脑的、聪明的匠师！

苏公塔亦称额敏塔。造塔的由来有两种说法。塔的进口处有一块碑，一半是汉字，一半是维吾尔文。汉字的说塔是额敏造的。额敏和硕，因助清高宗平定准噶尔有功，受封为郡王。碑文有感念清朝皇帝的意思，碑首冠以“大清乾隆”，自称“皇帝旧仆”。维吾尔文的则说这是额敏的长子苏来满造，为了向安拉祈福。不知道为什么会有这样两种的不同的说法。由来不同，塔名亦异。

大戈壁·火焰山·葡萄沟

从乌鲁木齐到吐鲁番，要经过一片很大的戈壁滩。这是典型的大戈壁，寸草不生。没有任何生物。我经过别处的戈壁，总还有点芨芨草、梭梭、红柳，偶尔有一两棵曼陀罗开着白花，有几只像黑漆涂出来的乌鸦。这里什么都没有。没有飞鸟的影子，没有虫声，连苔藓的痕迹都没有。就是一片大平地，平极了。地面都是砾石。都差不多大，好像是筛选过的。有黑的、有白的。铺得很均匀。远看像铺了一地炉灰渣子。一望无际。真是荒凉。太古洪荒。真像是到了一个什么别的星球上。

我们的汽车以每小时八十公里的速度在平坦的柏油路上奔驰，我觉得汽车像 只快艇飞驶在海上。

戈壁上时常见到幻影。远看一片湖泊，清清楚楚。走近了，什么也没有。幻影曾经欺骗了很多干渴的旅人。幻影不难碰到，我们一路见到多次。

人怎么能通过这样的地方呢？他们为什么要通过这样的地方？他们要去干什么？

不能不想起张骞，想起班超，想起玄奘法师。这都是了不起的人……

快到吐鲁番了，已经看到坎儿井。坎儿井像一溜一溜巨大的蚁垤。下面，是暗渠，流着从天山引下来的雪水。这些大蚁垤是挖渠掏出的砾石堆。现在有了水泥管道，有些坎儿井已经废弃了，有些还在用着。总有一天，它们都会成为古迹的。但是不管到什么时候，看到这些巨大的蚁垤，想到人能够从这样的大戈壁下面，把水引了出来，还是会起历史的庄严感和悲壮感的。

到了吐鲁番，看到房屋、市街、树木，加上天气特殊的干热，人昏昏的，有点像做梦。有点不相信我们是从那样荒凉的戈壁滩上走过来的。

吐鲁番是一个著名的绿洲。绿洲是什么意思呢？我从小就在诗歌里知道绿洲，以为只是有水草树木的地方。而且既名为洲，想必很小。不对。绿洲很大。绿洲是人所居住的地方。绿洲意味着人的生活，人的勤劳，人的生老病死，喜怒哀乐，人的文明。

一出吐鲁番，南面便是火焰山。

又是戈壁。下面是苍茫的戈壁，前面是通红的火焰山。靠近火焰山时，发现戈壁上长了一丛丛翠绿翠绿的梭梭。这样一个无雨的、酷热的戈壁上怎么会长出梭梭来呢？而且是那样的绿！不知它是本来就是这样绿，还是通红的山把它衬得更绿了。大概在干旱的戈壁上，凡能发绿的植物，都罄其生命，拼命地绿。这一丛一丛的翠绿，是一声一声胜利的呼喊。

火焰山，前人记载，都说它颜色赤红如火。不止此也。整个山像一场正在延烧的大火。凡火之颜色、形态无不具。有些地方如火方炽，火苗高蹿，颜色正红。有些地方已经烧成白热，火头旋拧如波涛。有一处火头得了风，火借风势，呼啸而起，横扯成了一条很长的火带，颜色微黄。有几处，下面的小火为上面的大火所逼，带着烟末气流，倒溢而出。有几个小山岔，褶缝间黑黑的，分明是残火将熄的烟炱……

火焰山真是一个奇观。

火焰山大概是风造成的，山的石质本是红的，表面风化，成为细细的红沙。风于是在这些疏松的沙土上雕镂搜剔，刻出了一场热热烘烘、刮刮杂杂的大火。风是个大手笔。

火焰山下极热，盛夏地表温度至七十多度。

火焰山下，大戈壁上，有一条山沟，长十余里，沟中有一条从天山流下来的河，河两岸，除了石榴、无花果、棉花、一般的庄稼，种的都是葡萄，是为葡萄沟。

葡萄沟里到处是晾葡萄干的荫房。——葡萄干是晾出来的，不是晒出来的。四方的土房子，四面都用土墼砌出透空的花墙。无核白葡萄就一长串一长串地挂在里面，尽吐鲁番特有的干燥的热风，把它吹上四十天，就成了葡萄干，运到北京、上海，还到国外。

吐鲁番的葡萄全国第一，各样品种无不极甜，而且皮很薄，入口即化。吐鲁番人吃葡萄都不吐皮，因为无皮可吐。——不但不吐皮，连核也一同吃下，他们认为葡萄核是好东西。北京绕口令曰："吃葡萄不吐葡萄皮儿"，未免少见多怪。

一九八二年九月二十二日起手写于兰州
十月七日北京写讫

注释

原载《北京文学》一九八三年第一期。

湘行二记

桃花源记

汽车开进桃花源，车中一眼看见一棵桃树上还开着花。只有一枝，四五朵，通红的，如同胭脂。十一月天气，还开桃花！这四五朵红花似乎想努力地证明：这里确实是桃花源。

有一位原来也想和我们一同来看看桃花源的同志，听说这个桃花源是假的，就没有多大兴趣，不来了。这位同志真是太天真了。桃花源怎么可能是真的呢？《桃花源记》是一篇寓言。中国有几处桃花源，都是后人根据《桃花源诗并记》附会出来的。先有《桃花源记》，然后有桃花源。不过如果要在中国选举出一个桃花源，这一个应该有优先权。这个桃花源在湖南桃源县，桃源旧属武陵。而且这里有一条小溪，直通沅江。陶渊明的《桃花源记》不是这样说的嘛：“晋太元中，武陵人，捕鱼为业。缘溪行，忘路之远近……”

刚放下旅行包，文化局的同志就来招呼去吃擂茶。耳擂茶之名久矣，此来一半为擂茶，没想到下车后第一个节目便是吃擂茶，当然很高兴。茶叶、老姜、芝麻，加盐，放在一个擂钵里，用硬杂木做的擂棒“擂”成细末，用开水冲开，便是擂茶。吃擂茶时还要摆出十几个碟子，里面装的是炒米、炒黄豆、炒绿豆、炒苞谷、炒花生、炒红薯片、油炸锅巴、泡菜、酸辣藠头……边喝边吃。擂茶别具风味，连喝几碗，浑身舒服。佐茶的茶食也都很好吃，藠头尤其好。我吃过的藠头多矣，江西的、湖北的、四川的……但都不如这里的又酸又甜又辣，桃源藠头滋味之浓，实为天下冠。桃源人都爱喝擂茶。有的农民家，夏天中午不吃饭，就是喝一顿擂茶。问起擂茶的来历，说是：诸葛亮带兵到这里，士兵得了瘟疫，遍请名医，医治无效，有一个老婆婆说：“我会治！”她熬了几大锅擂茶，说：“喝吧！”士兵喝了擂茶，都好了。这种说法当然也只好姑妄听之。诸葛亮有没有带兵到过桃源，无可稽考。根据印象，这一带在三国时应是吴国的地方，若说是鲁肃或周瑜的兵，还差不多。我总怀疑，这种喝茶法是宋代传下来的。《都城纪胜·茶坊》载：“冬天兼卖擂茶”。《梦粱录·茶肆》条载：“冬月添卖七宝擂茶”。有一本书载：“杭州人一天吃三十丈木头”，指的是每天消耗的“擂槌”的表层木质。“擂槌”大概就是桃源人所说的擂棒。“一天吃三十丈木头”，形容杭州人口之多。

擂槌可以擂别的东西，当然也可以擂茶。“擂”这个字是从宋代沿用下来的。“擂”者，擂而细之之谓也，跟擂鼓的擂不是一个意思。茶里放姜，见于《水浒传》，王婆家就有这种茶卖，《水浒传》第二十四回写道：“便浓浓的点两盏姜茶，将来放在桌子上。”从字面看，这种茶里有茶叶，有姜，至于还放不放别的什么，只好阙闻了。反正，王婆所卖之茶与桃源擂茶有某种渊源，是可以肯定的。湖南省不少地方喝“芝麻豆子茶”，即在茶里放入炒熟且碾碎的芝麻、黄豆、花生，也有放姜的，好像不加盐，茶叶则是整的，并不擂细，而且喝干了茶水还把叶子捞出来放进嘴里嚼嚼吃了，这可以说是擂茶的嫡堂兄弟。湖南人爱吃姜。十多年前在醴陵、浏阳一带旅行，公共汽车一到站，就有人托了一个瓷盘，里面装的是插在牙签上的切得薄薄的姜片，一根牙签上插五六片，卖与过客。本地人掏出角把钱，买得几串，就坐在车里吃起来，像吃水果似的。大概楚地卑湿，故湘人保存了不撤姜食的习惯。生姜、茶叶可以治疗某些外感，是一般的本草书上都讲过的。北方的农村也有把茶叶、芝麻一同放在嘴里生嚼用来发汗的偏方。因此，说擂茶最初起于医治兵士的时症，不为无因。

上午在山上桃花观里看了看。进门是一正殿，往后高处是“古隐君子之堂”。两侧各有一座楼，一名“蹑风”，用陶渊明“愿言蹑轻风”诗意；一名“玩月”，用刘禹锡故实。楼皆三面开窗，后为墙壁，颇小巧，不俗气。观里的建筑都不甚高大，疏疏朗朗，虽为道观，却无甚道士气，既没有一气化三清的坐像，也没有伸着手掌放掌心雷降妖的张天师。楹联颇多，联语多隐括《桃花源记》词句，也与道教无关。这些联匾在“文化大革命”中由一看山的老人摘下藏了起来，没有交给破“四旧”的红卫兵，故能完整地重新挂出来，也算万幸了。

下午下山，去钻了“秦人洞”。洞口倒是有点像《桃花源记》所写的那样，“山有小口，仿佛若有光”，“初极狭，才通人”。洞里有小小流水，深不过人脚面，然而源源不竭，蜿蜒流至山下。走了十几步，豁然开朗了，但并不是“土地平旷，屋舍俨然，有良田美池桑竹之属。阡陌交通，鸡犬相闻”。后面有一点平地，也有一块稻田，田中插一木牌，写着“千丘田”，实际上只有两间房子那样大，是特意开出来种了稻子应景的。有两个水池子，山上有一个擂茶馆，再后就又是山了。如此而已。因此不少人来看了，都觉得失望，说是“不像”。这些同志也真是天真。他们大概还想遇见几个避乱的秦人，请到家里，设酒杀鸡来招待他一番，这才满意。

看了秦人洞，便扶向路下山。山下有方竹亭，亭极古拙，四面有门而无窗，墙甚厚，拱顶，无梁柱，云是明时所筑，似可信。亭后旧有方竹，为国民党的兵砍尽。竹子这个东西，每隔三年，须删砍一次，不则挤死；然亦不能砍尽，砍尽则不复长。现在方竹亭后仍有一丛细竹，导游的说明牌上说：这种竹子看起来是圆的，摸起来是方的。摸了摸，似乎有点棱。但一切竹竿似皆不尽浑圆，这一丛细竹是补种来应景的，和我在成都薛涛井旁所见方竹不同，——那是真正“的角四方”的。方竹亭前原来有很多碑，“文化大革命”中都被红卫兵砸碎了，剩下一些石头乌龟昂着头空空地坐在那里。据说有一块明朝的碑，字写得很好，不知还能不能找到拓本。

旧的碑毁掉了，新的碑正在造出来。就在碎碑残骸不远

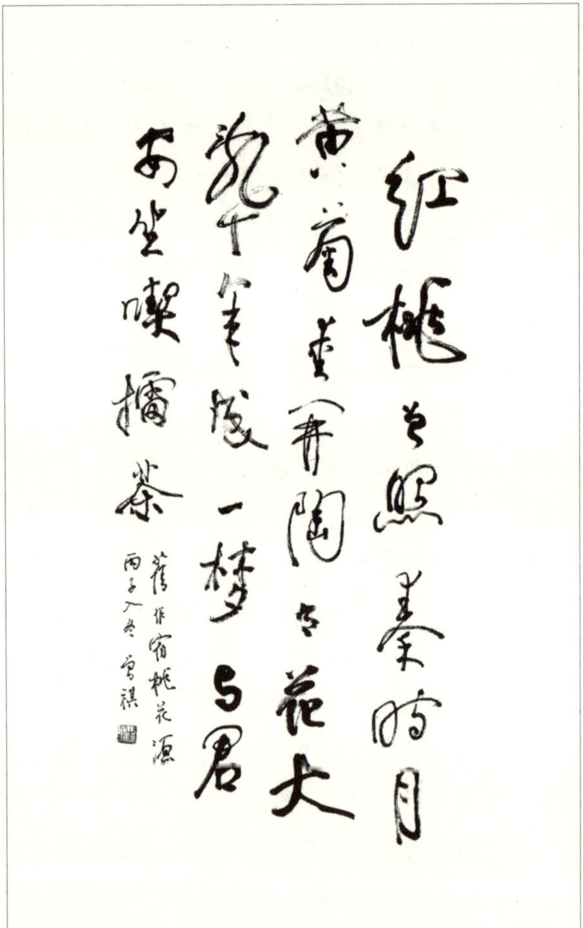

红桃曾照秦时月，黄菊重开陶令花。大乱十年成一梦，与君安坐吃擂茶。旧作宿桃花源。　丙子入冬　曾祺

处，有几个石工正在丁丁地斫治。一个小伙子在一块桃源石的巨碑上浇了水，用一块油石在慢慢地磨着。碑石绿如艾叶，很好看。桃源石很硬，磨起来很不容易。问："磨这样一块碑得用多少工？"——"好多工啊？哪晓得呢！反正磨光了算！"这回答真有点无怀氏之民的风度。

晚饭后，管理处的同志摆出了纸墨笔砚，请求写几个字，把上午吃擂茶时想出的四句诗写给了他们：

红桃曾照秦时月，
黄菊重开陶令花。
大乱十年成一梦，
与君安坐吃擂茶。

晚宿观旁的小招待所，栏杆外面，竹树萧然，极为幽静。桃花源虽无真正的方竹，但别的竹子都可看。竹子都长得很高，节子也长，竹叶细碎，珊珊可爱，真是所谓修竹。树都不粗壮，而都甚高。大概树都是从谷底长上来的，为了够得着日光，就把自己拉长了。竹叶间有小鸟穿来穿去，绿如竹叶，才一寸多长。

修竹姗姗节子长，
山中高树已经霜。
经霜竹树皆无语，
小鸟啾啾为底忙？

晨起，至桃花观门外闲眺，下起了小雨。

山下鸡鸣相应答，
林间鸟语自高低。
芭蕉叶响知来雨，
已觉清流涨小溪。

做了一日武陵人，临去，看那个小伙子磨的石碑，似乎进展不大。门口的桃花还在开着。

岳阳楼记

岳阳楼值得一看。

长江三胜，滕王阁、黄鹤楼都没有了，就剩下这座岳阳楼了。

岳阳楼最初是唐开元中中书令张说所建，但在一般中国人印象里，它是滕子京建的。滕子京之所以出名，是由于范仲淹的《岳阳楼记》。中国过去的读书人很少没有读过《岳阳楼记》的。《岳阳楼记》一开头就写道："庆历四年春，滕子京谪守巴陵郡。越明年，政通人和，百废俱兴……"虽然范记写得很清楚，滕子京不过是"重修岳阳楼，增其旧制"，然而大家不甚注意，总以为这是滕子京建的。岳阳楼和滕子京这个名字分不开了。滕子京一生做过什么事，大家不去理会，只知道他修建了岳阳楼，好像他这辈子就做了这一件事。滕子京因为岳阳楼而不朽，而岳阳楼又因为范仲淹的一记而不朽。若无范仲淹的《岳阳楼记》，不会有那么多人知道岳阳楼，有那么多人对它向往。《岳阳楼记》通篇写得很好，而尤其为人传诵者，是"先天下之忧而忧，后天下之乐而乐”这两句名言。可以这样说：岳阳楼是由于这两句名言而名闻天下的。这大概是滕子京始料所不及，亦为范仲淹始料所不及。这位“胸中自有数万甲兵”的范老子的事迹大家也多不甚了了。他流传后世的，除了几首词，最突出的，便是一篇《岳阳楼记》和里面的这两句话。这两句话哺育了很多后代人，对中国知识分子的品德的形成，产生了极其深远的影响。匹夫而为百世师，一言而为天下法，呜呼，立言的价值之重且大矣，可不慎哉！

写这篇《岳阳楼记》的时候，范仲淹不在岳阳，他被贬在邓州，即今河南邓县，而且听说他根本就没有到过岳阳，《岳阳楼记》中对岳阳楼四周景色的描写，完全出诸想象。这真是不可思议的事。他没有到过岳阳，可是比许多久住岳阳的人看到的还要真切。岳阳的景色是想象的，但是“先天下之忧而忧，后天下之乐而乐”的思想却是久经考虑，出于胸臆的，真实的、深刻的。看来一篇文章最重要的是思想。有了独特的思想，才能调动想象，才能把在别处所得到的印象概括集中起来。范仲淹虽可能没有看到过洞庭湖，但是他看到过很多巨浸大泽。他是吴县人，太湖是一定看过的。我很怀疑他对洞庭湖的描写，有些是从太湖印象中借用过来的。

现在的岳阳楼早已不是滕子京重修的了。这座楼烧掉了几次。据《巴陵县志》载：岳阳楼在明崇祯十二年毁于火，推官陶宗孔重建。清顺治十四年又毁于火，康熙二十二年由知府李遇时、知县赵士珩捐资重建。康熙二十七年又毁于火，直到乾隆五年由总督班第集资修复。因此范记所云“刻唐贤、今人诗赋于其上”，已不可见。现在楼上刻在檀木屏上的《岳阳楼记》系张照所书，

红桃曾照秦时月，黄菊重开陶令花。大乱十年成一梦，与君安坐吃擂茶。 一九八二年初冬游湖南桃花源，八三年二月一日初雪写菊。 曾祺记楼里的大部分楹联是到处写字的“道州何绍基”写的，张、何皆乾隆间人。但是人们还相信这是滕子京修的那座楼，因为范仲淹的《岳阳楼记》实在太深入人心了。也很可能，后来两次修复，都还保存了滕楼的旧样。九百多年前的规模格局，至今犹能得其仿佛，斯可贵矣。

我在别处没有看见过一个像岳阳楼这样的建筑。全楼为四柱、三层、盔顶的纯木结构。主楼三层，高十五米，中间以四根楠木巨柱从地到顶承荷全楼大部分重力，再用十二根宝柱作为内围，外围绕以十二根檐柱，彼此牵制，结为整体。全楼纯用木料构成，逗缝对榫，没用一钉一铆，一块砖石。楼的结构精巧，但是看起来端庄浑厚，落落大方，没有搔首弄姿的小家气，在烟波浩渺的洞庭湖上很压得住，很有气魄。

岳阳楼本身很美，尤其美的是它所占的地势。“滕王高阁临江渚”，看来和长江是有一段距离的。黄鹤楼在蛇山上，晴川历历，芳草萋萋，宜俯瞰，宜远眺，楼在江之上，江之外，江自江，楼自楼。岳阳楼则好像是直接从洞庭湖里长出来的。楼在岳阳西门之上，城门口即是洞庭湖。伏在楼外女墙上，好像洞庭湖就在脚底，丢一个石子，就能听见水响，楼与湖是一整体。没有洞庭湖，岳阳楼不成其为岳阳楼；没有岳阳楼，洞庭湖也就不成其为洞庭湖了。站在岳阳楼上，可以清清楚楚看到湖中帆船来往，渔歌互答，可以扬声与舟中人说话；同时又可远看浩浩汤汤，横无际涯，北通巫峡，南极潇湘的湖水，远近咸宜，皆可悦目。“气蒸云梦泽，波撼岳阳城”，并非虚语。

我们登岳阳楼那天下雨，游人不多。有三四级风，洞庭湖里的浪不大，没有起白花。本地人说不起白花的是“波”，起白花的是“涌”。“波”和“涌”有这样的区别，我还是第一次听到。这可以增加对于“洞庭波涌连天雪”的一点新的理解。

夜读《岳阳楼诗词选》。读多了，有千篇一律之感。最有气魄的还是孟浩然的那一联，和杜甫的“吴楚东南坼，乾坤日夜浮”。刘禹锡的“遥望洞庭山水翠，白银盘里一青螺”，化大境界为小景，另辟蹊径。许棠因为《洞庭》一诗，当时号称“许洞庭”，但“四顾疑无地，中流忽有山”，只是工巧而已。滕子京的《临江仙》把“气蒸云梦泽，波撼岳阳城”，“曲终人不见，江上数峰青”整句地搬了进来，未免过于省事！吕洞宾的绝句：“朝游岳鄂暮苍梧，袖里青蛇胆气粗。三醉岳阳人不识，朗吟飞过洞庭湖”，很有点仙气，但我怀疑这是伪造的（清人陈玉垣《岳阳楼》诗有句云：“堪惜忠魂无处奠，却教羽客踞华楹”，他主张岳阳楼上当奉屈左徒为宗主，把楼上的吕洞宾的塑像请出去，我准备投他一票）。写得最美的，还是屈大夫的“袅袅兮秋风，洞庭波兮木叶下”，两句话，把洞庭湖就写完了！

一九八二年十二月八日，北京

注释

原载《芙蓉》一九八三年第四期。

四川杂忆

四川是个好地方

四川的气候好，多雾，雾养百谷；土好，不需要怎么施肥。在一块岩石上甩几坨泥巴，硬是能长出一片胡豆。这不是夸张想象，是亲眼看见。我们剧团的一个演员在汽车里看到这奇特情景，招呼大家："快来看！石头上长蚕豆！"

成　都

在我到过的城市里，成都是最安静，最干净的。在宽平的街上走走，使人觉得很轻松，很自由。成都人的举止言谈都透着悠闲。这种悠闲似乎脱离了时代。以致何其芳在抗日战争时期觉得这和抗战很不协调，写了一首长诗:《成都，让我来把你摇醒》。

成都并不总是似睡不醒的。“文化大革命”中也很折腾了一气。我六十年代初、七十年代、八十年代，都到过成都。最后一次到成都，成都似乎变化不大，但也留下一些“文化大革命”的痕迹。最明显的原来市中心的皇城叫刘结挺、张西挺炸掉了。当时写了一首诗:

柳眠花重雨丝丝，
劫后成都似旧时。
独有皇城今不见，
刘张霸业使人思。

武侯祠大概不是杜甫曾到过的武侯祠了，似乎也不见霜皮溜雨、黛色参天的古柏树，但我还是很喜欢现在的武侯祠。武侯祠气象森然，很能表现武侯的气度。这是我所到过的祠堂中最好的。这是一个祠，不是庙，也不是观，没有和尚气、道士气。武侯塑像端肃，面带深思。两廊配享的蜀之文武大臣，武将并不剑拔弩张，故作威猛，文臣也不那么飘逸有神仙气，只是一些公忠谨慎的国之干城，一些平常的“人”。武侯祠的楹联多为治蜀的封疆大员所撰写，不是吟风弄月的名士所写，这增加了祠的典重。毛主席十分欣赏的那副长联:“能攻心则反侧自消，从古知兵非好战；不审势即宽严皆误，后来治蜀要深思”，确实写得很得体，既表现了武侯的思想，也说出撰联大臣的见识。在祠堂对联中，可算得是写得最好的。

我不喜欢杜甫草堂，杜甫的遗迹一点也没有，为秋风所破的茅屋在哪里？老妻画纸，稚子敲针在什么地方？杜甫在何处看见细雨鱼儿出，微风燕子斜？都无从想象。没有桤木，也没有大邑青瓷。

眉　山

三苏祠即旧宅为祠。东坡文云“家有五亩之园”，今略广，占地约八亩。房屋疏朗，三径空阔，树木秀润，因为是以宅为祠，使人有更多的向往。廊子上有一口井，云是苏氏旧物，现在还能打得上水来。井以红砂石为栏，尚完好。大概苏家也不常用这个井，否则，红砂石石质疏松，是会叫井绳磨出道道的。园之右侧有花坛，种荔枝一棵。据说东坡离家时，乡人栽了一棵荔枝，要等他回来吃。苏东坡流谪在外，终究没有吃到家乡的荔枝。东坡酷嗜荔枝，日啖三百颗，但那是广东荔枝。从海南望四川，连“青山一发”也看不见。“不辞长作岭南人”，其言其实是酸苦的。当年乡人所种的荔枝，早已枯死，后来补种了几次，现存的一棵据说是明代补种的，也已经半枯了，正在设法抢救。祠中有个陈列室，搜集了苏东坡集的历代版本，平放在玻璃橱里。这一设计很能表现四川人的文化素养。

离眉山，往乐山，车中得诗：

当日家园有五亩，
至今文字重三苏。

红栏旧井犹堪汲，
丹荔重栽第几株？

乐　山

大佛的一只手断掉了，后来补了一只。补得不好，手太长，比例不对。又耷拉着，似乎没有筋骨。一时设计不到位，造成永久的遗憾。现在没有办法了，又不能给他做一次断手再植的手术，只好就这样吧。

竹林大如海，弥望皆苍然。枝繁隔鸟语，叶密藏炊烟。入输玉兰片，仍用青竹担。儿童生嚼笋，滋味似蔗甘。　四川文竹海　一九八七年曾祺忆写走尽石级，将登山路，迎面有摩崖一方，是司马光的字。司马光的字我见过他写给修《资治通鉴》的局中同人的信，字方方的，笔画颇细瘦。他的大字我还没有见过，字大约七八寸，健劲近似颜体。文曰：

登山亦有道　徐行则不踬　司马光

我每逢登山，总要想起司马光的摩崖大字。这是见道之言，所说的当然不只是登山。

洪椿坪

峨眉山风景最好的地方我以为是由清音阁到洪椿坪的一段山路。一边是山，竹树层叠，蒙蒙茸茸。一边是农田。下面是一条溪，溪水从大大小小黑的、白的、灰色的石块间夺路而下，有时潴为浅潭，有时只是弯弯曲曲的涓涓细流，听不到声音。时时飞来一只鸟，在石块上落定，不停地撅起尾巴。撅起，垂下，又撅起……它为什么要这样？鸟黑身白颊，黑得像墨，不叫。我觉得这就是鲁迅小说里写的张飞鸟。

洪椿坪的寺名我已经忘记了。

入寺后，各处看看。两个五台山来的和尚在后殿拜佛。

这两个和尚我们在清音阁已经认识，交谈过。一个较高，清瘦清瘦的。他是保定人，原来是做生意的，娶过妻，夫妻感情很好。妻子病故，他万念俱灰，四处漫游，到了五台山，就出了家。另一个黑胖结实，完全像一个农民，他原来大概也就是五台山下的农民。他们发愿朝四大名山。已经朝过普陀，朝过峨眉之后，还要去朝九华山。五台山是本山，早晚可以拜佛，不需跋山涉水。他们的食宿旅费是自筹的。和尚每月有一点生活费，积攒了几年，才能完成夙愿。

进庙先拜佛，得拜一百八十拜。那样五体投地地拜一百八十拜，要叫我拜，非拜晕了不可。正在拜着，黑胖和尚忽然站起来飞跑出殿。原来他一时内急，憋不住了，要如厕。排便之后，整顿衣裤，又接着拜。

晚饭后，在走廊上和一个本庙的和尚闲聊。我问他和尚进庙是不是都要拜一百八十拜。他说都要拜的。“我们到人家庙里，还不是一样要拜！”同时聊天的有几个小青年。一个小青年问：“你吃不吃肉？”他说：“肉还是要吃的。”“喝不喝酒？”“酒还是要喝的。”我没想到他如此坦率。他说，“文化大革命”把他们赶下山去，结了婚，生了孩子，什么规矩也没有了。不过庙里的小和尚是不许的。这个和尚四十多岁。天热，他褪下一只僧鞋，把不着鞋的脚在膝上架成二郎腿。他穿的是黄色僧鞋，袜子却是葡萄灰的尼龙丝袜。

两个五台山的和尚天不亮去朝金顶，等我们吃罢早餐，他们已经下来了。保定和尚说他们看到普贤的法相了，在金顶山路转弯处，普贤骑在白象上，前面有两行天女。起先只他一个人看见，他（那个黑胖和尚）看不见，他心里很着急。后来他也看见了。他告诉我们他们在普陀也看到了观音的法相，前面一队白孔雀。保定和尚说：“你们是唯物主义者，我们是唯心主义者，我们的话你们不会相信。不过我们干吗要骗你们？”

下清音阁，我们要去宾馆，两位和尚要去九华山，遂分手。

北 温 泉

为了改《红岩》剧本，我们在北温泉住了十来天。住数帆楼。数帆楼是一个小宾馆，只两层，房间不多，全楼住客就是我们几个人。数帆楼廊子上一坐，真是安逸。楼外是竹丛，如张岱所常说的："人面一绿。"竹外即嘉陵江。那时嘉陵江还没有被污染，水是碧绿的。昔人诗云："嘉陵江水女儿肤，比似春莼碧不殊"，写出了江水的感觉。听罗广斌说，艾芜同志在廊上坐下，说："我就是这里了！"不知怎么这句话传成了是我说的，"文化大革命"中我曾因为这句话而挨过斗。我没有分辩，因为这也是我的感受。

北温泉游人极少，花木欣荣，凫鸟自乐。温泉浴池门开着，随时可以洗。

引温泉水为渠，渠中养非洲鲫鱼。这是个好主意。非洲鲫鱼肉细嫩，唯恨刺多。每顿饭几乎都有非洲鲫鱼，于是我们每顿饭都带酒去。

住数帆楼，洗温泉浴，饮泸州大曲或五粮液，吃非洲鲫鱼，"文化大革命"不斗这样的人，斗谁？

新 都

新都有桂湖，湖不大，环湖皆植桂，开花时想必香得不得了。

桂湖上有杨升庵祠。祠不大，砖墙瓦顶，无藻饰，很朴素。祠内有当地文物数件。壁上嵌黑石，刻黄氏夫人"雁飞曾不到衡阳”诗，不知是不是手迹。

祠中正准备为杨升庵立像，管理处的负责同志让我们看了不少塑像小样，征求我们的意见。我没有说什么。我是不大赞成给古代的文人造像的。都差不多。屈原、李白、杜甫，都是一个样。在三苏祠后面看了苏东坡倚坐饮酒的石像，我实在不能断定这是苏东坡还是李白。杨升庵是什么长相？曾见陈老莲绘升庵醉后图，插花满头，是个相当魁伟的胖子。陈老莲的画未见得有什么根据。即使有一点根据，在桂湖之侧竖一胖人的像，也不大好看。

我倒觉得升庵祠可以像三苏祠一样辟一间陈列室，搜集升庵著作的各种版本放在里面。

杨升庵著作甚多，有七十几种。有人以为升庵考证粗疏，有些地方是臆断。我觉得这毕竟是个很有才华、很有学问的人，而且遭遇很不幸，值得纪念。

曾有题升庵祠诗：

桂湖老桂弄新姿，
湖上升庵旧有祠。
一种风流谁得似，
状元词曲罪臣诗。

大　足

云冈石刻古朴浑厚，龙门石刻精神饱满。云冈、龙门的颜色是灰黑色，石质比较粗疏，易风化。云冈风化得很厉害，龙门石佛的衣纹也不那么清晰了。云冈是北魏的，龙门是唐代的。大足石刻年代较晚，主要是宋刻。石质洁白坚致，极少磨损，刻工风格也与云冈、龙门迥异，其特点是清秀潇洒，很美，一种人间的美，人的美。

有人说佛像都是没有性别的，是中性的，分不出是男是女。也许是这样吧。更恰切地说，佛有点女性美。大足普贤像被称为“东方的维纳斯”，其实是不准确的。维纳斯就是西方的，她的美是西方的美。普贤是东方的，他的美是东方的美。普贤是男性（不像观音似的曾化为女身），咋会是维纳斯呢？不过普贤确实有点女性，眉目恬静，如好女子。他戴着花冠，尤易让人误会。

“媚态观音”像一个腰肢婀娜的舞女。不过“媚态”二字不大好，说得太露了。

“十二圆觉”衣带静垂，但让人觉得圆觉之间，有清风流动。这组群像的构思有点特别，强调同，而不强调异。十二尊像的相貌、衣着、坐态几乎是一样的。他们都在沉思，但仔细看看，觉得他们各有会心，神情微异。唯此小异，乃成大同，形成一个整体。十二圆觉的门的上面凿出横方窗洞，以受日光，故室内并不昏暗。流泉一道，涓涓下注，流出室外，使空气长新。当初设计，极具匠心。

我见过很多千手观音，都不觉得怎么美。一个人肩背上长出许多胳臂和手，总是不自然。我见过最大的也是最好的千手观音，是承德外八庙的有三层楼高的那一尊。这尊很高的千手观音的好处是胳臂安得比较自然。大足的千手观音我以为是个奇迹。那么多只手（共一千零七只），可是非常自然。这些手是怎样从观音身上长出来的，完全没有交代，只见观音身后有很

明日将往成都　一九九七年四月廿四日

多手。因为没法交代，所以干脆不交代，这办法太聪明了！但是，你又觉得这确实都是观音的手，菩萨的手。这些手各具表情，有的似在召唤，有的似在指点，有的似在给人安慰……这是富于人性的手。这具千手观音的美学特点是把规整性和随意性结合了起来。石刻，当然是要经过周密的设计的，但是错落参差，不作呆板的对称。手共一千零七只，是个单数，即此可见其随意性。

释迦牟尼涅槃像（俗谓卧佛），佛的面部极为平静，日微睁（常见卧佛合目如甜睡），无爱无欲，无死无生，已寂灭一切烦恼，圆满一切功德，至最高境界。佛像很大，长三十余米，但只刻了佛的头部和胸部，肩和手无交代，下肢伸入岩石，不知所终。佛前刻了佛弟子约十人，不是站成一排，而是有前有后，有的向左，有的向右，弟子服饰皆如中土产；有一个斜头鬈发的，似西方人。弟子面微悲戚，但不像有些通俗佛经上所说的号啕躃踊。弟子也只露出半身，腹部以下，在石头里，也不知所终。于有限的空间造无限的境界，大足的佛涅槃像是一个杰作！

川　菜

昆明护国路和文明新街有几家四川人开的小饭馆，卖“豆花素饭”和毛肚火锅。卖毛肚的饭馆早起开门后即在门口竖出一块牌子，上写“毛肚开堂”，或简单地写两个字：“开堂”。晚上封了火，又竖出一块牌子，只写一个字：“毕”，简练之至！这大概是从四川带过来的规矩。后来我几次到四川，都不见饭馆门口这样的牌子，此风想已消失。也许乡坝头还能看到。

上海有一家相当大的饭馆，叫作“绿杨邨”，以“川菜扬点”为号召。四川菜、扬州包点，确有特色。不过“绿杨邨”的川味已经淡化了。那样强烈的“正宗川味”上海人是吃不消的。

一九四八年我在北京沙滩北京大学宿舍里寄住了半年，常去吃一家四川小馆子，就是李一氓同志在《川菜在北京的发展》一文中提到的蒲伯英回川以后留下的他家里的厨师所开的，许倩云和陈书舫都去吃过的那一家。这家馆子实在很小，只有三四张小方桌，但是菜味很纯正。李一氓同志以为有的菜比成都的还要做得好。我其时还没有去过成都，无从比较。我们去时点的菜只是回锅肉、鱼香肉丝之类的大路菜。这家的泡菜很好吃。

川菜尚辣。我六十年代住在成都一家招待所里，巷口有一个饭摊。一大桶热腾腾的白米饭，长案上有七八样用海椒拌得通红的辣咸菜。一个进城卖柴的汉子坐下来，要了两碟咸菜，几筷子就扒进了三碗“帽儿头”。我们剧团到重庆体验生活，天天吃辣，辣得大家害怕了，有几个年轻的女演员去吃汤圆，进门就大声说：“不要辣椒！”幺师傅冷冷地说：“汤圆没有放辣椒的！”川味辣，且麻。重庆卖面的小馆子的白粉墙上大都用黑漆写三个大字：“麻、辣、烫”。川花椒，即名为“大红袍”者确实很香，非山西、河北花椒所可及。吴祖光曾请黄永玉夫妇吃毛肚火锅。永玉的夫人张梅溪吃了一筷，问：“这个东西吃下去会不会死的哟？”川菜麻辣之最者大概要数水煮牛肉。川剧名丑李文杰曾请我们在政协所办的餐厅吃饭，水煮牛肉上来，我吃了一大口，把我噎得透不过气来。

四川人很会做牛肉。赵循伯曾对我说：“有一盘干煸牛肉丝，我能吃三碗饭！”灯影牛肉是一绝。为什么叫“灯影牛肉”？

有人说是肉片薄而透明，隔着牛肉薄片，可以照见灯影。我觉得“灯影”即皮影戏的人形，言其轻薄如皮影人也。《东京梦华录》有“影戏犯”就是这样的东西。宋人所说的“犯”，都是干的或半干的肉的薄片。此说如可成立，则灯影牛肉已经有好几百年的历史了。

成都小吃谁都知道，不说了。“小吃”者不能当饭，如四川人所说，是“吃着玩的”。有几个北方籍的剧人去吃红油水饺，每人要了十碗，幺师傅听了，鼓起眼睛。

川　剧

有一位影剧才人说过一句话：“你要知道一个人的欣赏水平高低，只要问他喜欢川剧还是喜欢越剧。”有一次我在青年艺术剧院看川剧，台上正在演《做文章》，池座的薄暗光线中悄悄进来两个人，一看，是陈老总和贺老总。那是夏天，老哥儿俩都穿了纺绸衬衫，人手里一把芭蕉扇。坐定之后，陈老总一看邻座是范瑞娟，就大声说：“范瑞娟，你看我们的川剧怎么样啊？”范瑞娟小声说：“好！”这二位老帅看来是以家乡戏自豪的——虽然贺老总不是四川人。

川剧文学性高，像“月明如水浸楼台”这样的唱词在别的剧种里是找不出来的。

川剧有些戏很美，比如《秋江》《踏伞》。

有些戏悲剧性强，感情强烈，如《放裴》《刁窗》《打神告庙》。《马踏箭射》写女人的嫉妒令人震颤。我看过阳友鹤和曾荣华的《铁笼山》，戏剧冲突如此强烈，我当时觉得这是莎士比亚！

川剧喜剧多，而且品位极高，是真正的喜剧。像《评雪辨踪》这样带抒情性的喜剧，我在别的剧种里还没有见过。别的剧种移植这出戏就失去了原来的诗意。同样，改编的《秋江》也只保存了身段动作，诗意少了。川剧喜剧的诗意跟语言密不可分。四川话是中国最生动的方言之一。比如《秋江》的对话：

> 陈姑：嗳！
>
> 艄翁：那么高了，还矮呀！
>
> 陈姑：咹！
>
> 艄翁：飞远了，按不到了！

不懂四川话就体会不到妙处。

川丑都有书卷气。李文杰告诉我，进科班学丑，先得学三年小生。这是非常有道理的。川丑不像京剧小丑那样粗俗，如北京人所说的“胳肢人”或上海人所说的“硬滑稽”，往往是闲中作色，轻轻一笔，使人越想越觉得好笑。比如《拉郎配》的太监对地方官宣读圣旨之后，说：“你们各自回衙理事”，他以为这是在他的府第里，完全忘了这是人家的衙门。老公的颟顸糊涂真令人忍俊不禁。川剧许多丑戏并不热闹，倒是“冷淡清灵”的。像《做文章》这样的戏，京剧的丑是没法演的。《文武打》，京剧丑角会以为这不叫个戏。

川剧有些手法非常奇特，非常新鲜。《梵王宫》耶律含嫣和花云一见钟情，久久注视，目不稍瞬，耶律含嫣的妹妹（？）把他们两人的视线拉在一起，拴了个扣儿，还用手指在这根“线”上嘣嘣嘣弹三下。这位小妹捏着这根“线”向前推一推，耶律含嫣和花云的身子就随着向前倾，把“线”向后扽一扽，两人就朝后仰。这根“线”如此结实，实是奇绝！耶律含嫣坐车，她觉得推车的是花云，回头一看，不是！是个老头子，上唇有一撮黑胡子。等她扭过头，是花云！车夫是演花云的同一演员扮的。这撮小胡子可以一会儿出现，一会儿消失（胡子消失是演员含进嘴里了）。用这样的方法表现耶律含嫣爱花云爱得精神恍惚，瞧谁都像花云。耶律含嫣的心理状态不通过旦角的唱念来表现，却通过车夫的小胡子变化来表现。化抽象为具象，这种手法，除了川剧，我还没有见过，而且绝对想不出来。想出这种手法的，能不说他是个天才么？

有人说中国戏曲比较接近布莱希特体系，主要指中国戏曲的“间离效果”。我觉得真正有意识地运用“间离效果”的是川剧。川剧不要求观众完全“入戏”，保持清醒，和剧情保持距离。川剧的帮腔在制造“间离效果”上起了很大作用。帮腔者常常是置身局外的旁观者。我曾在重庆看过一出戏（剧名已忘），两个奸臣在台上对骂，一个说：“你混蛋！”另一个说：“你混蛋！”帮腔的高声唱道：“你两个都混蛋喏……”他把观众对两人的评论唱出来了！

一九九二年四月六日

注释

原载《四川文学》一九九二年第八期。

索溪峪

五月二十六日，北岳通俗文学讨论会在常德召开，我应邀参加。让我发言。我不是搞通俗文学的，但觉得通俗文学不可轻视，比起雅文学（或称严肃文学）并不低人一等，雅俗之间并无绝对界限，有一天也许会合流的，于是即席诌了四句歪诗：

北岳谈文到南岳，
巴人也可唱阳春。
渔父屈原相视笑，
两昆仑是一昆仑。

（“南岳”的“南”字应为仄声，为求意

顺，宁可破格。）

二十九日，往索溪峪。住“专家村”。午饭。饭厅里挂了一幅黄永玉的泼墨人中堂，是画在一块腈纶布上的，题曰“索溪无尽山”，烟云满“纸”，甚佳。

下午，游黄龙洞。这是一个新发现的溶洞。同游人中，有人说比桂林的芦笛岩还好，有人说不如。因为管理处的同志事前嘱写一诗，准备刻在洞外壁上，在车中想了四句：

索溪峪自索溪峪，
何必津津说桂林。
谁与风光评甲乙，
黄龙石笋正生孙。

第四句是说黄龙洞的石笋有一些还正在成长，大有前途。这说的是风景，也说的是文学，是由前三天的讨论而生出的感想。

三十一日，游宝峰湖。当地农民在一很深的峡谷中砌成石坝，蓄山水成湖，原是用以发电的，没想到成了一处奇观。湖在山顶，从外面是看不见的。拾级上山，才看得到。湖是人工湖，却无一点人工痕迹。湖周山峰皆壁立。湖水极清，山峰倒影，历历分明。湖中有鸳鸯。归来，得一诗：

一鉴深藏锁翠微，
移来三峡四周围。
游船驶入青山影，
惊起鸳鸯对对飞。

三十一日，自索溪峪往游张家界。过“水绕四门”。这一“景”很奇，四面有溪，水无定向，雨从东来，则西流；从南来，则北流。传闻张良墓在此。又前，至楠木坪，夹道皆楠木，甚高大，数百年物也。这时年轻人都噌噌地奔到南面去了，我们几个年岁大些的，觉得游山不是拉练，缓步游目，山皆突兀，流水活泼，自有佳趣。至脚力稍倦，即折回。登车，大雨。抵第三招待所的山庄，雨停。群山出云，飞流弥漫，真是壮观。

管理处已经摆好了纸笔，请写字留念，把游黄龙洞和宝峰湖的两首诗写了，又用隶书写了一副大对联：

造化钟神秀
烟云起壮思

下午，回专家村。晚饭后，一所（即专家村）所长请写一副对联，好与黄永玉的画作配。写了八个大字：

欹枕听雨
开门见山

联不工稳，倒是纪实（“听”字从北音读平声）。

注释

原载《桃花源》一九八八年第一、二期（总第四十一期）。

菏泽游记

菏泽牡丹

菏泽的出名，一是因为历史上出过一个黄巢（今菏泽城西有冤句故城，为黄巢故里，京剧《珠帘寨》说他“家住曹州并曹县”，曹州是对的，曹县不确）。一是因为出牡丹花。菏泽牡丹种植面积大，最多时曾达五千亩，一九七六年调查还有三千多亩，单是城东“曹州牡丹园”就占地一千亩；品种多，约有四百种。

牡丹花期短，至谷雨而花事始盛，越七八日，即阑珊欲尽，只剩一大片绿叶了。谚云：“谷雨三日看牡丹。”今年的谷雨是阳历四月二十。我们二十二日到菏泽，第二天清晨去看牡丹，正是好时候。

初日照临，杨柳春风，一千亩盛开的牡丹，这真是一场花的盛宴，蜜的海洋，一次官能上的过度的饱饫。漫步园中，恍恍惚惚，有如梦回酒醒。

牡丹的特点是花大、型多、颜色丰富。我们在李集参观了一丛浅白色的牡丹，花头之大，花瓣之多，令人骇异。大队的支部书记指着一朵花说："昨天量了量，直径六十五厘米"，古人云牡丹"花大盈尺"，不为过分。他叫我们用手掂掂这朵花。掂了掂，够一斤重！苏东坡诗云"头重欲人扶"，得其神理。牡丹花分三大类：单瓣类、重瓣类、千瓣类；六型：葵花型、荷花型、玫瑰花型、平头型、皇冠型、绣球型；八大色：黄、红、蓝、白、黑、绿、紫、粉。通称"三类、六型、八大色"。姚黄、魏紫，这里都有。紫花甚多，却不甚贵重。古人特重姚黄，菏泽的姚黄色浅而花小，并不突出，据说是退化了。园中最出色的是绿牡丹、黑牡丹。绿牡丹品名豆绿，盛开时恰如新剥的蚕豆。挪威的别伦·别尔生说花里只有菊花有绿色的，他大概没有看到过中国的绿牡丹。黑牡丹正如墨菊一样，当然不是纯黑色的，而是紫红得发黑。菏泽用"黑花魁"与"烟笼紫玉盘"杂交而得的"冠世墨玉"，近花萼处真如墨染。堪称菏泽牡丹的"代表作"的，大概还要算清代赵花园园主赵玉田培育出来的"赵粉"。粉色的牡丹不难见，但"赵粉"极娇嫩，为粉花上品。传至洛阳，称"童子面"，传至西安，称"娃儿面"，以婴儿笑靥状之，差能得其仿佛。

菏泽种牡丹，始于何时，难于查考。至明嘉靖年间，栽培已盛。《曹南牡丹谱》载："至明曹南牡丹甲于海内。"牡丹，在菏泽，是一种经济作物。《菏泽县志》载："牡丹，芍药多至百余种，土人植之，动辄数十百亩，利厚于五谷"，每年秋后，"土人捆载之，南浮闽粤，北走京师，至则厚值以归"。现在全国各地名园所种牡丹，大部分都是由菏泽运去的。清代即有"菏泽牡丹甲天下"之说。凡称某处某物甲天下者，每为天下人所不服。而称"菏泽牡丹甲天下"，则天下人皆无异议。

牡丹的根，经过加工，为"丹皮"，为重要的药材，这是大家都知道的。菏泽丹皮，称为"曹丹"，行市很俏。

菏泽盛产牡丹，大概跟气候水土有些关系。牡丹耐干旱，不能浇"明水"，而菏泽春天少雨。牡丹喜轻碱性沙土，菏泽的土正是这种土。菏泽水咸涩，绿茶泡了一会儿就成了铁观音那样的褐红色，这样的水却偏宜浇溉牡丹。

牡丹是长寿的。菏泽赵楼村南曾有两棵树龄二百多年的脂红牡丹，主干粗如碗口，儿童常爬上去玩耍，被称为"牡丹王"。袁世凯称帝后，曹州镇守使陆朗斋把牡丹王强行买去，栽在河南彰德府袁世凯的公馆里，不久枯死。今年在菏泽开牡丹学术讨论会，安徽的代表说在山里发现一棵牡丹，已经三百多年，每年开花二百余朵，犹无衰老态。但是牡丹的栽培却是不易的。牡丹的繁殖，或分根，或播种，皆可。一棵牡丹，每五年才能分根，结籽常需七年。一个杂交的新品种的栽培需要十五年，成种率为千分之四。看花才十日，栽花十五年，亦云劳矣。

参观了牡丹园，李集大队的支部书记早就摆好了纸墨笔砚，请写几个字留念，写了四句：

造化师人意，春秋在畚锸。

曹州天下奇，红粉黄金甲。

告别的时候，支书叫我们等一等，说是要送我们一些花，一个小伙子抱来了一抱。带到招待所，养在茶缸里，每间屋里都有几缸花。菏泽的同志说，未开的骨朵可以带到北京，我们便带在吉普车上。不想到了梁山，住了一夜，全都开了，于是一齐捧着送给了梁山招待所的女服务员。正是：菏泽牡丹携不去，且留春色在梁山。

上 梁 山

早发菏泽，经巨野，至郓城小憩。郓城是一个新建的现代城市，老城已经看不出痕迹。城中旧有乌龙院遗址，询之一老人，说是在天主堂的旁边。他说："您这是问俺咧，问那些小青年，他们都知不道。"按乌龙院当是后人附会，不应信。《水浒传》说宋江讨了阎婆惜，"就在县西巷内，讨了一所楼房，置办些家伙什物，安顿了阎婆惜娘儿两个在那里居住"（《坐楼杀惜》有几分根据），并没有说盖了什么乌龙院。宋江把安顿阎婆惜的"小公馆"命名为乌龙院也颇怪，这和风花雪月实在毫不相干。近午，抵梁山县。县是一九四九年建置的，因境内有梁山而得名。

传说中的梁山，很有可能就在这里（听说有人有不同意见）。元高文秀《黑旋风双献功》杂剧云："寨名水浒，泊号梁山……南通巨野、金乡，北靠青、齐、兖、郓。"按其地望，实颇相似。《双献功》是杂剧，不是信史，但高文秀距南宋不远，不会无缘无故地制造出一个谣言。现在还有一条宽约四尺，相当平整的路，

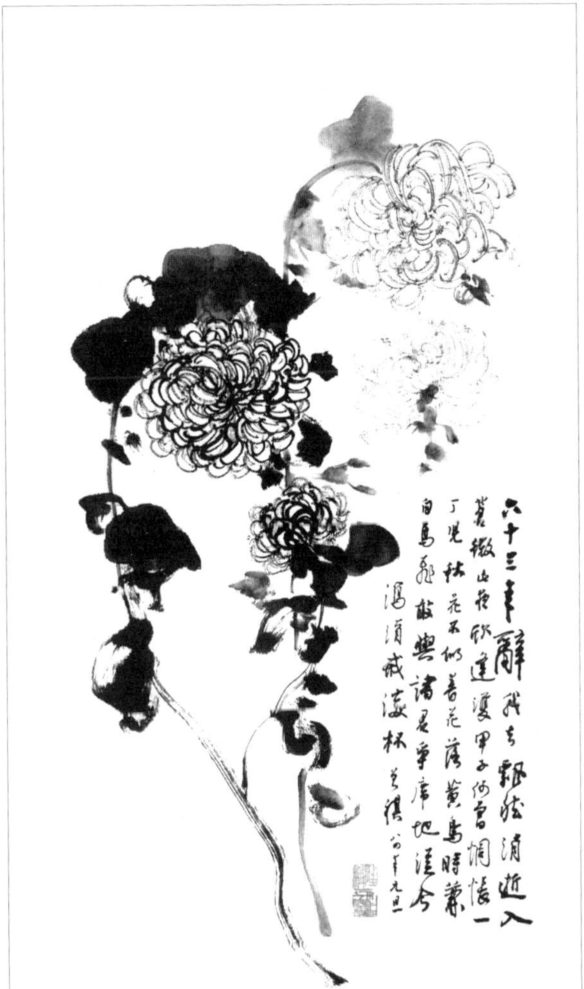

六十三年辞我去，飘然消逝入苍微。此夜欣逢双甲子，何曾惆怅一丁儿。秋花不似春花落，黄鸟时兼白鸟飞。敢与诸君争席地，从今泻酒戒深杯。　曾祺　八四年元旦从山脚直通山顶，称为“宋江马道”，说是宋江当初就是从这条路骑马上山的。这条路是人修的，想来是有人在山上安寨驻扎过。否则，这里既非交通要道，山上又无什么特殊的物产，当地的乡民是不会修出这样一条“马道”来的。主峰虎头山的山腰有两道石头垒成的寨墙，一为外寨，一为内寨，这显然就是为了防御用的。墙已坍塌，只余下正面的一截了，还有三四尺高。石块皆如斗大。余嘉锡《宋江三十六人考实》引元袁桷过梁山泊诗：“飘飘愧陈人，历历见遗址。流移散空洲，崛强寻故垒”，“故垒”或当即指的是这两道寨墙。想来当初是颇为结实而雄伟的，如袁桷所云，是“崛强”的。山顶有一块平地或云有十五亩，即忠义堂所在。堂址前的一块石头上有旗杆窝，说是插杏黄旗的，小且浅，似不可信。

梁山不甚高大，山势也不险恶。以我这样的年龄（六十三岁），这样的身体（心脏欠佳），可以一口气走上山顶而不觉得怎么样。这样一座山，能做出那样大的一番事业么？清代的王培荀就说过：“自今视之，山不高大，山外一望平陆”，他怀疑小说“铺张太过”（《乡园忆旧》）。曹玉珂过梁山，也发出过类似疑问，“于是进父老而问之”，对曰“险不在山而在水也”。原来如此！

梁山周围原来是一片大水，即梁山泊，累经变迁。《辞海》“梁山泊”条言之甚详：“‘泊’一作‘泺’。在今山东梁山、郓城等县间。南部梁山以南，本系大野泽的一部分，五代时泽面北移，环梁山皆成巨浸，始称梁山泊。从五代到北宋，多次被溃决的黄河河水灌入，面积逐渐扩大，熙宁以后，周围达八百里。入金后河徙水退，渐涸为平地。元末一度为黄河决入，又成大泊，不久又涸。”历来关于梁山泊的记载，迷离扑朔，或说八百里，或说三百里，或说有水，或说没有水，《辞海》算是把它的来龙去脉理出一个头绪来了。

梁山东面的东平湖现在的面积还有二十一万亩，比微山湖略小，据说原来东平湖和梁山泊是连着的，那可是一片非常壮观的大水！前年黄河分洪，河水还曾从东平湖漫过来，直抵梁山脚下。水退了，山下仍是“一望平陆”，整整齐齐，一方块一方块麦子地。梁山遂成了一座干山，只有梁山，并无水泊了。

梁山县准备把梁山修复起来，已经成立了修复梁山规划领导小组。栽了很多树，还在本山修了断金亭。断金亭结构疏朗，斗拱甚大，像个宋代建筑。以后还将陆续修建，想要把黄河水引过来，恢复梁山旧观。不过这大概需要好多年。所谓“修复”也只能得其仿佛。《水浒传》是小说，大部分是虚构，谁知道水泊梁山到底是个什么样子呢。

在梁山住两日，餐餐食有鱼。鱼皆鲜活，是从东平湖里捞上来的。梁山人很会做鱼，糖醋、酥煮、清蒸，皆极精妙，达到理想的程度。这大概还是梁山泊时期留下来的传统。本地尤重鲤鱼，“无鱼不成席”，虽鸡鸭满桌，若无一尾活鲤鱼，即非待客的敬意。东平湖水与黄河通，所以这里的鲤鱼也算黄河鲤。本地人云：辨黄河鲤鱼之法，剖开鱼肚，鱼肉雪白，即是黄河鲤；别处的鲤鱼，里面都有一层黑膜。鲤鱼要大小适中。以二斤半到三斤的为最贵，过小过大，都不值钱。办喜事，尤其要用这般大小的鱼。本地人说：“等着吃你的鱼咧！”意思即是等着吃你的喜酒。鱼必二斤半至三斤，多少钱都要，这样的鱼遂无定价，往往一桌席，一半便是这条鱼钱。我们吃的，正是这样大的鲤鱼。吃着鲤鱼不禁想起《水浒》。吴学究往碣石村说三阮撞筹，借口便是“如今在一个大财主家做门馆教学，今来要对付十数尾金色鲤鱼”。此地特重鲤鱼，由来久矣。不过吴用要的却是十四五斤的。十四五斤的鲤鱼，不好吃了。这是因为写《水浒》的施耐庵对吃黄河鲤不大内行，还是古今风俗有异了呢？

《水浒传》第三十八回，宋江在琵琶亭上，忽然心里想要鱼辣汤吃，“便是不才酒后，只爱口鲜鱼汤吃”。宋江是郓城人，离梁山泊不远，他是从小吃惯了鲜鱼的，难怪说腌了的鱼不中吃。

修复梁山规划小组的同志嘱写几个字，为书俚句：

远闻钜野泽，来上宋江山。
马道横今古，寨墙积暮烟。
旧址颇茫渺，遗规尚俨然。
何当觇杏帜，舟渡蓼花滩？

宿梁山之第二日，大雨，破晓时雨始渐住。这场雨对小麦十分有利。一老人说：“我活了七十年，没见过这时候下这样的雨的！”这真是及时雨。山东今年是个好年景。

一九八三年五月六日，北京

注释

原载《北京文学》一九八三年第十期。

人间幻境花果山

花果山的出名，是因为据说这里是孙悟空的老家。我对这种说法一直持怀疑态度。这回到了连云港，上了趟花果山，我的看法有些改变了。

花果山是云台山的一部分。程学桓《云台诸山记游》云："河自西来，薄于淮，折而东北走，盖将入海矣。距海既近，天地于是蓄其力而隆为山，以持束之……其最高大而横绝海上者，则为云台山。"写《西游记》的吴承恩是淮安人，淮安没有山。我曾听朱自清先生说过：淮安人是到了南阁楼就要修家书的。吴承恩平生未尝远游，没有见过多少名山大川。云台山距淮安近在咫尺，他又有一个朋友是海州人，他到过海州，上过云台山，这种可能性是存在的。如果他写《西游记》曾经从一座什么山受到过启发，那么便只有云台山较为合适。除此之外，还能有什么别的山呢？

云台山自来就有点神话色彩，有点仙气。传说这座山本来没有，是从南方徙来的（漂来的么？）。《山海经·海内东经》："都州在海中，一曰郁州。"郭璞注："今在东海朐县东，世传此山自苍梧徙来，上皆有南方物也。"明顾乾《云台图识》引《三元真经》云："三元神圣，驾五色祥云，乘九气清风，云台山上，放大毫光。"这座山原来在海里。山与州之间，隔着一个渡口，风涛险恶。康熙年间，海涨沙淤，渡口忽成陆地，游人才能"骑马上云台"。这样一座"幽深秀特，常冠云气"（《江南通志》）的缥缥缈渺的海上仙山，作为一个神魔故事的产生背景，并非偶然。——吴承恩是会看到或听到过这一类的传说的。

我们上花果山，在十二月初，满眼看到的是遍山新栽的松树和不少银杏。银杏的树龄多在千年以上，老干婆娑，饶有古意。银杏虽也结果，叫作白果，但是大家都不拿它当果树看，所谓"果"，通常指的是水果。然而从前山上的花果是颇多的。崔应阶云此山"多古木，杂植花树，殆以万计，实为大观"。吴承恩如果上过云台山，他虽然不一定看到《西游记》里所写的"瑶草奇花不谢，青松翠柏长春，仙桃常结果，修竹每留云"的景象，但和今天肯定是很不一样的。

坚持这是孙悟空的老家的同志认为最有说服力的证据，是山上有一个水帘洞。

水帘洞倒是在吴承恩写《西游记》之前就已经有了，并非因为有了《西游记》而附会出来的。明朝人顾乾《云台山三十六景》

里的一景是“神泉普润”，记云：“三元殿东上一里许有水帘洞。”刺史王同题曰“高山流水”，又题曰“神泉普润”。王同题字刻石，今犹在。

水帘洞的洞口作“人”字形，像一间屋。旧记：“洞中石泉极浅小，冬夏不竭，泉甚甘美。”这口泉今犹可见。这样高的山洞里有泉水，倒是很新鲜的。至于泉水是否甘美，不知道。因为泉面落满了一层枯黄的柳叶，谁也不想捧起来尝尝。

水帘洞甚浅小，勉强可以放下一张单人床。

一个外来的旅客也许会觉得失望：“这就是水帘洞么？”他大概想看到一股瀑布飞泉，“一派白虹起，千寻雪浪飞。海风吹不断，江月照还依。冷气分青嶂，余流润翠微。潺湲名瀑布，真似挂帘帷”。他也许还想看到一道铁板桥，铁板桥后“翠藓堆蓝，白云浮玉，光摇片片烟霞。虚窗静室，滑凳板生花。乳窟龙珠倚挂，萦回满地奇葩……”还想看到石座石床，石盆石碗，“一竿两竿修竹，三点五点梅花”……那未免太天真了。世界上绝对找不出这样的地方，这只是吴承恩的想象。

想象总得有点现实根据。吴承恩的根据，大约就是云台山上的水帘洞。

往游花果山之前夕，枕上曾想了几句诗：

刻舟胶柱真多事，
传说何妨姑妄言。
满纸荒唐《西游记》，
人间幻境花果山。

游罢花果山，所得印象总括如此。

一九八三年十二月十二日

记于北京

注释

原载《连云港文学》一九八四年第一期。

地灵人杰话淮安

每个地方都有自己独特的标志。有的因山水而闻名，有的以楼台而著称。一座古朴的楼阁，取镇慑淮水之意，叫镇淮楼，成了淮安的标志。

历史上，淮安并不平安。自从黄河改道，夺淮入海，苏北的水患就连年不断。镇淮楼呢，也没有镇住淮水。直到解放后，修了苏北灌溉总渠，苏北的水患才得到根治。淮水到底被镇住了，淮安呢，也真的平安了。

淮安位踞大运河入淮之口，为南北交通的咽喉要地。过去，朱自清说过一个笑话：淮安人“到了南阁楼，就要修家书”。南阁楼是才出城门的一座楼，这说明淮安人家乡观念很重。其实，走南闯北的淮安人很多，就是沿着运河而高飞远举的。

这一回，我们还是沿着运河来到淮安的。

淮安有一千五百多年的历史。不过，它身边的大运河可比它的年岁要大得多。

在《话说运河》的第一回里，我们讲到了运河的历史。如果要追溯运河的历史之源，那么，春秋战国时期，吴王夫差所开凿的一段人工河流，就是运河在我们中华大地上所留下的最早的足迹。这段人工河流，从扬州的邗沟，通到这里一个叫末口的地方。在隋朝，运河从末口经过淮水、渭水和洛水，一直到当时的京都洛阳。那么，末口是在什么地方呢？末口就在我们沿着运河北上所经过的咽喉要地淮安。

离船上岸，沿着残存的古老码头走下去，我们来到了淮安城外的河下镇。

河下，河下，顾名思义，它是大运河河边下头的一个小镇。

那石板路，不宽，而且不平整。可在明代清代，它是高级路面。别看这些街道那样狭窄，当时，这可是通衢大道。别看现在的河下镇好像很沉寂，当年，那是一座不夜城。店铺营业，通宵达旦，史称“市不以夜休”。

当年留下的街巷名称，按行业命名，分布井然，可以想见这里的商业、手工业的高度发达。

为什么河下会如此繁华呢？

因为那里濒临运河，是漕运的枢纽。南方的粮食由此北运京师。

淮安昔日号称“九省咽喉”。而真正的咽喉，惟在河下一镇。今天，河下镇仍保留了古朴的繁荣。

淮安汤包，皮薄馅美。蒸熟以后馅是一包汤。不过这里普通的包子，滋味也不错。

街巷幽深处，有百年老店。铺面陈设，一如往昔。待人接物，犹存古风。

河下镇曾经是商业中心，为外籍商人荟萃之地。所以，在面积不大的镇上，设立过许多会馆。

当年，运河漕运繁忙，河下镇比较繁荣的时候，全国各地的好多省的客商，在淮安的附近建立起会馆。由于历史的原因，这些会馆先后被拆除了。现在只剩下一些遗迹。

河下镇曾经有过不少盐商。盐商大都是巨富。他们争相构筑豪华的庭院。有个庭院，墙上嵌砌方砖，刻隶书“紫藤园”三字。

一棵紫藤，干如虬龙，虽是百年风物，却生机盎然。开花的时候浓紫深香，还可一任寻常百姓观赏。

庭园的主人送客出门，就留步在这门外的石鼓旁。

屋上小瓦，古朴一如当年。那承瓦的椽子不同一般。这种弧形的椽子是所谓“圆椽子”，不但费工，而且需要上好的木料。

乾隆皇帝曾经给淮安漕运总督亲笔书写“上谕”。北宋时每年经运河北运的粮食近八百万担。明清时也还有四百万担。所以苏北人也称运河为“漕河”。

那么，总督衙门今何在？那里的体育场就是当年漕运总督府的遗址。

淮安因大运河而发展、繁荣。河下镇父老道出了昔日淮安的繁华盛景。

淮安吴承恩研究会的老先生说：“‘身缠十万贯，骑鹤下扬州。’扬州是自古繁华之地。但是，河下镇的繁华可以和扬州比美。所以有人有这么两句诗，叫作：‘扬州千年繁华景，移向西湖古渡头。’”

往事岂能成一梦，夕阳犹似旧时红。

船开过去了。船尾划破的水纹却久久未能消逝……

文通塔始建于唐代。明清两代都重修过。那是一座砖塔，无梁无柱，高“十三丈三尺”，七层八角，形制古朴。

文通塔是具有佛教传统的古建筑。塔内的底层塑着四尊释迦牟尼的金身。四尊佛像的形态一模一样，它们面向东西南北，各踞一方，很是独特。

勺湖。湖的形状像一把勺子 。

周恩来同志童年时代曾经在文通塔下放过风筝，在勺湖划过船。春秋丽日，湖心塔畔，游人很多。映在他们眼里的，岂止是淮安风景？人们都说，河下风光好，其实呢？淮上人才也多呀！

韩信是“汉初三杰”之一。初属项羽，后归刘邦。楚汉相争之时，他和项羽决战，十面埋伏，四面楚歌，击败项羽于垓下。

在淮安和淮阴一带，有很多跟韩信有关的遗迹和传说。

韩信年轻的时候很穷，靠钓鱼过日子。钓鱼处有一些漂絮的妇女。其中有一位老妈妈，见韩信面有饥色仍能坚持读书习武，很同情他，便将带来的饭分给韩信吃。接连数十天，天天如此。韩信深深感激。有一天，他对漂母说，以后一旦发迹，定当重重酬报。谁知漂母听后非常生气，说：“你堂堂男子汉，自己不能养活自己，我周济你，是图你日后的报答吗？”

漂母的贤良善德传为千古美谈。

韩信胯下之辱的故事也发生在这里。

有一个在屠宰市充混混儿的小伙子，寻衅韩信说：“要么你拿剑把我捅了。要不然，你从我的裆底下钻过去。”韩信没言语，趴下身子，从他的两胯之间爬了过去。韩信深知，小不忍则乱大谋。

很多人都知道南宋抗金名将、巾帼英雄梁红玉。可是，知道她的籍贯的人就不多了。她是淮安人，生在北辰坊。在韩世忠还只是一个普通士卒的时候，梁红玉就很赏识他的才能，以身相许。后来，她帮助韩世忠干了一番大事业。说起来，梁红玉可是中国历史上少有的自己找对象的人，可算是一个很解放的、见识不凡的女性了。

金兀术南侵北撤的时候，韩世忠把他诱至镇江，以八千兵力跟敌军十万决战，结果大败金兀术。梁红玉“擂鼓战金山”也成了千古传颂的壮举。

后来，韩世忠、梁红玉进驻淮安。那个时候条件很困难，梁红玉亲自用芦苇“织帘为屋”，掘根为食。

淮安城外，运河两岸，有很多蒲草。梁红玉以蒲为食的传说引起人们的极大兴趣。到明清时，淮安人就以此创造了一套特殊的烩制蒲菜的烹调技艺。

蒲叶在水中的部分如一根纤细的玉管，把这洁白肥嫩的蒲根茎，烩制成菜，清香甘甜，酥脆可口，似有嫩笋之味。

关汉卿的悲剧《窦娥冤》动人心魄，那么窦娥真的从这里走过吗？当地有位搞文化工作，专门调查过这件事的同志说：“当时，关汉卿从大都坐船沿运河南下，住进淮安。当时的淮安叫淮安府。淮安府有个都察院，专门管六个府的案件。这里有许多冤案的故事。当时关汉卿住在这儿就遇到一件冤案。淮安农村有个小姑娘受冤。她的婆婆被害，实际是别人害的，但是罪加在她的身上。这个女子被判了死刑。临死的时候，从牢里出来，就走的这条巷。窦娥被判死刑以后提出了三大愿。第一大愿，要在刑场上吊三丈白绫，她的头砍下后，血要冲三丈高。第二大愿，六月要下雪，所以，关汉卿的《窦娥冤》又叫《六月雪》。第三大愿，是要山阳县干旱三年。山阳县就是现在的淮安县。她死后，这三件事都应了。群众为了同情窦娥，把这个巷子起了名字叫‘窦娥巷’。”

走出窦娥巷，秋雨绵绵不绝，不禁让我们心中涌出一番感慨：六月飞雪今已已，关卿何日赋新词？

这不是水帘洞，也不是花果山。一堆顽石，倒泻的流水引我们来到了明代的大文学家吴承恩的故居。他是闻名遐迩的魔怪小说《西游记》的作者。

吴承恩的塑像是依据发掘出来的吴氏头骨复原的。这在国内还是绝无仅有的。

修复后的吴承恩故居，却似有门庭萧然之感，颇有先生“喜笑悲歌”的意境。吴承恩是淮安人。故居在河下镇的打铜巷。晚年，他隐居故里，在寂寞的角落里，于七十一岁的高龄之时，挥笔写下了近百万言的不朽巨著《西游记》。

那个简朴的书屋叫“射阳簃”。据说，《西游记》就在那古雅的书案之上跃然而诞生的。

吴承恩文勋卓著，却一生穷愁潦倒。他悄然地离开了人世。

残灯尽矣，问先生又写得几许奇文？谁曾料这一豆微光，照彻五百年神踪魔影。身后，大名远播，西国东瀛。今墓碑犹在，多少后生感钦景仰，俎豆香馨。

关天培是鸦片战争时期誓死抗英、坚守虎门的爱国将领，是林则徐的肝胆相照的至交。一八四一年，关天培壮烈殉国后，葬于县城东郊。城中建有关天培祠。林则徐撰写了一副很长的挽联，表达出他对庸臣误国的愤慨和对故友的钦仰。对联是："六载固金汤，问何时忽坏长城，孤注空教躬尽瘁；双忠同坎壈，闻异类亦钦伟节，归魂相送面如生。"

一八九八年三月五日，周恩来同志诞生在淮安驸马巷的一座普通的宅院。他的祖籍是浙江绍兴，从祖父那辈起就移居淮安。周恩来同志一直住到十二岁。他曾经说过："生于斯，长于斯，渐习为淮人。耳所闻，目所见，亦无非淮事。"

周恩来同志献身革命，四海为家。他曾改了一句唐诗，抒发自己的乡思，说："我是'少小离家老不回'呀！"

苏北人家多于庭院中种菜，雨后采摘供膳既方便，也较市上买来的更有滋味。周恩来同志幼年也曾浇园锄菜。这一片菜地，依稀还似当年，却也曾透露出他那终生耕耘的令人景仰的身影。

"无情未必真豪杰。"离乡半个世纪，周恩来同志对故乡深怀恋情。

一九六〇年，他从南方返回北京，机组同志为了安慰总理的思乡之情，在飞机经过淮安的时候，特地低空飞行，打了几个圈子，让总理俯瞰自己的家乡淮安。

离开江淮重镇淮安，我们沿着运河继续北上。

牌坊

故乡杂忆

臭河边南岸有三座贞节牌坊。三座牌坊大小、高矮、式样差不多，好像三姊妹。都是白石头，重檐，方柱。横枋当中有一块微向前倾的长方石头，像一本洋装书。上刻两个字："圣旨"。这三座牌坊旌表的是什么人，谁也没有注意过。立牌坊的年月是刻在横枋的左侧的，但是也没有人注意过。反正是有了年头了。牌坊整天站着，默默无言。太阳好的时候，牌坊把影子齐齐地落在前面的土地上。下雨天，在大雨里淋着。每天黄昏，飞来很多麻雀，落在石檐下面、石枋石柱的缝隙间，叽叽喳喳，叫成一片。远远走过来，好像牌坊自己在叫。

听到过一个关于牌坊的故事。

有一家，姓徐，是个书香人家，徐少爷娶妻白氏，貌美而贤惠，知书达理。不幸徐少爷得了一场伤寒，早离尘世。徐少奶奶这时才二十四五岁，年轻守寡。徐少爷留下一个孩子，才三岁。徐少奶奶就守着这个孩子，教他读书习字。

转眼二十年过去了，孩子已经长大成人。孩子很聪明，也用功，功名顺利，由秀才、举人，一直到中了进士。

这年清明祭祖，徐氏族人聚会，说起白夫人年轻守节，教子成名，应该申报旌表，为她立牌坊。儿子觉得在理，就回家对母亲说明族人所议。

白夫人一听，大怒，说：

“我不要立牌坊！”

说着从床下拖出一个柳条笆斗，笆斗里是一斗铜钱。白夫人把铜钱往地板上一倒，说：

“这就是我的贞节牌坊！”

原来白夫人每到欲念升起，脸红心乱时，就把一斗铜钱倒在地板上，滚得哪儿都是，然后俯身一枚一枚地拾起来，这样就岔过去了。

儿子从此再也不提立牌坊的事。

杜甫草堂·三苏祠·升庵祠

几次到成都，总不免要去杜甫草堂。第一次是自己想去，以后都是陪别人。我对杜甫草堂有些失望。我希望能看到一点遗迹。既名草堂，总得有一个草堂。我知道唐代的草堂是不可能保存到今天的，但是以意为之，得其仿佛，重盖几间，总还是可以的。《茅屋为秋风所破歌》的茅屋在哪里呢？没有。“老妻画纸为棋局，稚子敲针作钓钩”大概在一个什么环境里？杜甫是在什么地方观察到“细雨鱼儿出，微风燕子斜”的？都无从想象。现在是一群相当高大轩敞，颇为阔气的建筑。我觉得草堂最好按照杜诗所描绘的样子改建。可以补种杜诗屡次提到的四松，桤木。待客的器皿也可用大邑青瓷，——我想现在都还能买到吧。纪念馆里有不少时贤字画。我想陈列的字画最好有点唐朝风格。字宜选用唐人写经、褚遂良、薛稷、欧阳询、怀素诸人体。现在挂的，画多是大红大绿的大写意，字多剑拔弩张的将军体，与杜甫、草堂都不谐调。现在那里实际上是一个供人游览的公园。有人一边走，一边提了一台录音机，放邓丽君的流行歌曲。我仿佛看见杜甫躲在竹丛里苦笑。

三苏祠在眉山，情况比杜甫草堂要好得多。祠是苏氏故宅，以宅为祠。东坡文云："家有五亩之宅"，现在扩大了一些。当日房屋，不复存在。现有的都是重建的，但不甚华焕。有一口井，用当地所产红砂岩为井栏。据说这是当年的旧井，现在还能从井里打上水来。正屋西边有一株荔枝树。据说是苏东坡离家时家人所植，想等东坡回来时吃荔枝。东坡四方流寓，没有能吃上家园的荔枝。这株荔枝早已枯死，现在看到的是后来补栽的，现地方还是原来的地方。"祠"的负责人要求写几个字，写了四句诗：

当日家园有五亩，
至今文字重三苏。
红栏旧井犹堪汲，
丹荔重栽第几株？

据后来到三苏祠的人说：眉山招待所的东坡肘子极好。我们那次因为要赶路，未能一尝。

杨升庵是新都人，正德间试进士第一，后获罪谪戍云南永昌。他曾在新都的桂湖住过，死后，乡人在湖上建了升庵祠。他能诗能文，写词曲，还注意搜集古今谣谚，这和我好像有一点关系，我曾经编过《民间文学》，现在在搞戏，于是想去看看。桂湖不甚大，弯曲而长，南岸是一带高岗，三面是平陆。岸上都种了桂花，所以叫作桂湖。升庵祠在北面，不大，三开的大厅。祠内陈设颇朴素。有一些字画碑刻，皆不俗。祠内正准备为升庵立像，让我们参观了许多设计的小样，未能赞一词。在这些泥塑小样前想了四句诗：

桂湖老样弄新姿，
湖上升庵旧有祠。
一种风流谁得似？
状元词曲罪臣诗。

一九八七年三月二十一日

注释

原载《北京文学》一九八七年第五期。

泰山片石

序

我从泰山归，
携归一片云，
开匣忽相视，
化作雨霖霖。

泰山很大

泰即太，太的本字是大。段玉裁以为太是后起的俗字，太字下面的一点是后人加上去的。金文、甲骨文的大字下面如果加上一点，也不成个样子，很容易让人误解，以为是表示人体上的某个器官。

因此描写泰山是很困难的。它太大了，写起来没有抓挠。三千年来，写泰山的诗里最好的，我以为是诗经的《鲁颂》："泰山岩岩，鲁邦所詹。""岩岩"究竟是一种什么感觉，很难捉摸，但是登上泰山，似乎可以体会到泰山是有那么一股劲儿。詹即瞻。说是在鲁国，不论在哪里，抬起头来就能看到泰山。这是写实，然而写出了一个大境界。汉武帝登泰山封禅，对泰山简直不知道怎么说才好，只好发出一连串的感叹："高矣！极矣！大矣！特矣！壮矣！赫矣！感矣！"完全没说出个所以然。这倒也是一种办法，人到了超经验的景色之前，往往找不到合适的语言，就只好狗一样地乱叫。杜甫诗《望岳》，自是绝唱，"岱宗夫如何？齐鲁青未了"，一句话就把泰山概括了。杜甫真是一个深受儒家思想影响的伟大的现实主义者，这一句诗表现了他对祖国山河的无比的忠悃。相比之下，李白的"天门一长啸，万里清风来"，就有点洒狗血。李白写了很多好诗，很有气势，但有时底气不足，便只好洒狗血，装疯。他写泰山的几首诗都让人有底气不足之感。杜甫的诗当然受了《鲁颂》的影响，"齐鲁青未了"，当自"鲁邦所詹"出。张岱说："泰山元气浑厚，绝不以玲珑小巧示人。"这话是说得对的。大概写泰山，只能从宏观处着笔。郦道元写三峡可以取法。柳宗元的《永州八记》刻琢精深，以其法写泰山即不大适用。

写风景，是和个人气质有关的。徐志摩写泰山日出，用了那么多华丽鲜明的颜色，真是"浓得化不开"。但我有点怀疑，这是写泰山日出，还是写徐志摩自己？我想周作人就不会这样写。周作人大概根本不会去写日出。

我是写不了泰山的，因为泰山太大。我对泰山不能认同。我对一切伟大的东西总有点格格不入。我十年间两登泰山，可谓了不相干。泰山既不能进入我的内部，我也不能外化为泰山。山自山，我自我，不能达到物我同一，山即我，我即山。泰山是强者之山，我自以为这个提法很合适，我不是强者，不论是登山还是处世。我是生长在水边的人，一个平常的、平和的人。我已经过了七十岁，对于高山，只好仰止。我是个安于竹篱茅舍、小桥流水的人。以惯写小桥流水之笔而写高大雄奇之山，殆矣。人贵有自知之明，不要“小鸡吃绿豆——强努”。

同样，我对一切伟大的人物也只能以常人视之。泰山的出名，一半由于封禅。封禅史上最突出的两个人物是秦皇、汉武。唐玄宗作《纪泰山铭》，文辞华缛而空洞无物。宋真宗更是个沐猴而冠的小丑。对于秦始皇，我对他统一中国的丰功，不大感兴趣。他是不是“千古一帝”，与我无关。我只从人的角度来看他，对他的“蜂目豺声”印象很深。我认为汉武帝是个极不正常的人，是个妄想型精神病患者，一个变态心理的难得的标本。这两位大人物的封禅，可以说是他们的人格的夸大。看起来这两位伟大人物的封禅的实际效果都不怎么样，秦始皇上山，上了一半，遇到暴风雨，吓得退下来了。按照秦始皇的性格，暴风雨算什么呢？他横下心来，是可以不顾一切地上到山顶的。然而他害怕了，退下来了。于此可以看出，伟大人物也有虚弱的一面。汉武帝要封禅，召集群臣讨论封禅的制度。因无旧典可循，大家七嘴八舌瞎说一气。汉武帝恼了，自己规定了照祭东皇太乙的仪式，上山了。却谁也不让同去，只带了霍去病的儿子一个人。霍去病的儿子不久即得暴病而死。他的死因很可疑，于是汉武帝究竟在山顶上鼓捣了什么名堂，谁也不知道。封禅是大典，为什么要这样保密？看来汉武帝心里也有鬼，很怕他的那一套名堂不灵验，为人所讥。

但是，又一次登了泰山，看了秦刻石和无字碑（无字碑是一个了不起的杰作），在乱云密雾中坐下来，冷静地想想，我的心态比较透亮了。我承认泰山很雄伟，尽管我和它不能水乳交融，打成一片；承认伟大的人物确实是伟大的，尽管他们所做的许多事不近人情。他们是人里头的强者，这是毫无办法的事。在山上待了七天，我对名山大川、伟大人物的偏激情绪有所平息。

同时我也更清楚地认识到我的微小，我的平常，更进一步安于微小，安于平常。

这是我在泰山受到的一次教育。

从某个意义上说，泰山是一面镜子，照出每个人的价值。

碧霞元君

泰山牵动人的感情，是因为它关系到人的生死。人死后，魂魄都要到蒿里集中。汉代挽歌有《薤露》《蒿里》两曲。或谓本是一曲，李延年裁之为二，《薤露》送王公贵人，《蒿里》送大夫士庶。我看二曲词义，各成首尾，似本即二曲。《蒿里》词云：

> 蒿里谁家地？
> 聚敛魂魄无贤愚。
> 鬼伯一何相催迫，
> 人命不得少踟蹰。

写得不如《薤露》感人，但如同说话，亦自悲切。十年前到泰山，就想到蒿里去看看，因为路不顺，未果。蒿里山才多大的地方，天下的鬼魂都聚在那里，怎么装得下呢？也许鬼有形无质，挤一点不要紧。后来不知怎么又出来个酆都城。这就麻烦了，鬼们将无所适从，是上山东呢，还是到四川？我看，随便吧。

泰山神是管死的。这位神不知是什么来头。或说他是金虹氏，或说是《封神榜》上的黄飞虎。道教的神多是随意瞎编出来的。编的时候也不查查档案，于是弄得乱七八糟。历代帝王对泰山神屡次加封，老百姓则称之为东岳大帝。全国各地几乎都有一座东岳庙，亦称泰山庙。我们县的泰山庙离我家很近，我对这位大帝是很熟悉的（一张油白发亮的长圆脸，疏眉细眼，五绺胡须）。我小小年纪便知道大帝是黄飞虎，并且小小年纪就觉得这很滑稽。

中国人死了，变成鬼，要经过层层转关系，手续相当麻烦。先由本宅灶君报给土地，土地给一纸“回文”，再到城隍那里“挂号”，最后转到东岳大帝那里听候发落。好人，登银桥。道教好人上天，要经过一道桥（这想象倒是颇美的），这桥就叫“升仙桥”。我是亲眼看见过的，是纸扎的。道士诵经后，桥即烧去。这个死掉的人升天是不是经过东岳大帝批准了，不知道。不过死者的家属要给道士一笔劳务费，我是知道的。坏人，下地狱。地狱设各种酷刑：上刀山、下油锅、锯人、磨人……这些都塑在东岳庙的两廊，叫作“七十二司”。听说泰山蒿里祠也有“司”，但不是七十二，而是七十五，是个单数，不知是何道理。据我的印象，人死了，登桥升天的很少，大部分都在地狱里受罪。人都不愿死，尤其不愿在七十二司里受酷刑——七十二司是很恐怖的，我小时即不敢多看，因此，大家对东岳大帝都没什么好感。香，还是要烧的，因为怕他。而泰山香火最盛处，为碧霞元君祠。

碧霞元君，或说是泰山神的侍女、女儿，或说是玉皇大帝的女儿，又说是玉皇大帝的妹妹。道教诸神的谱系很乱，差一辈不算什么。又一说是东汉人石守道之女。这个说法不可取，这把元君的血统降低了，从贵族降成了平民。封之为“天仙玉女碧霞元君”的，是宋真宗。老百姓则称之为泰山娘娘，或泰山老奶奶。碧霞元君实际上取代了东岳大帝，成为泰山的主神。“礼岱者皆祷于泰山娘娘祠庙，而弗旅岳神久矣”（福格《听雨丛谈》）。泰安百姓“终日仰对泰山，而不知有泰山，名之曰奶奶山”（王照《行脚山东记》）。

泰山神是女神，为什么？这很容易让人联想原始社会母性崇拜的远古隐秘心理的回归，想到母系社会，这不是没有道理的。我们不管活得多大，在深层心理中都封藏着不止一代人对母亲的记忆。母亲，意味着生。假如说东岳大帝是司死之神，那么，碧霞元君就是司生之神，是滋生繁衍之神。或者直截了当地说，是母亲神。人的一生，在残酷的现实生活之中，艰难辛苦，受尽委屈，特别需要得到母亲的抚慰。明万历八年，山东巡抚何起鸣登泰山，看到“四方以进香来谒元君者，辄号泣如赤子久离父母膝下者”。这里的“父”字可删。这种现象使这位巡抚大为震惊，“看出了群众这种感情背后隐藏着对冷酷现实强烈否定”（车锡伦《泰山女神的神话信仰与宗教》）。这位何巡抚是个有头脑、能看问题的人。对封建统治者来说，这种如醉如痴的半疯狂的感情，是一种可怕的力量。

碧霞元君当然被蒙上世俗宗教的唯利色彩，如各种人来许愿、求子。

车锡伦同志在他的《泰山女神的神话信仰与宗教》的最后提出一个很有意思的问题，即对碧霞元君“净化”的问题。怎样“净化”？我们不能把碧霞元君祠翻造成巴黎圣母院那样的建筑，也不能请巴赫那样的作曲家来写像《圣母颂》一样的《碧霞元君颂》。但是好像也不是一点办法都没有。比如能不能组织一个道教音乐乐队，演奏优美的道教乐曲，调集一些有文化的炼师诵唱道经，使碧霞元君在意象上升华起来，更诗意化起来？

任何名山都应该提高自己的文化层次，都有责任提高全民的文化素质。我希望主管全国旅游的当局，能思索一下这个问题。

泰山石刻

第一次看见经石峪字，是在昆明一个旧家，一副四言的集字对联，厚纸浓墨，是较早的拓本。百年老屋，光线晦暗，而字字神气俱足，不能忘。

经石峪在泰山中路的岔道上。这地方的地形很奇怪，在崇山峻岭之中，怎么会出现一片一亩大的基本平整的石坪呢？泰山石为花岗岩，多为青色，而这片石坪的颜色是姜黄的。四周都没有这样的石头，很奇怪。是一个什么人发现了这片石坪，并且想起在石坪上刻下一部《金刚经》呢？经字大径一尺半。摩崖大字，一般都是刻在直立的石崖上，这是刻在平铺的石坪上的，很少见。这样的字体，他处也极少见。

经石峪的时代，众说纷纭。说这是从隶书过渡到楷书之间的字体，则多数人都无异议。龚定庵有诗曰：

北书无过金刚经，
南书无过瘗鹤铭。
忽然二物相顾哑，
排阏一丈蛟龙青。

（龚集不在手边，此据记忆录出，或有错字。）

他所说的“金刚经”即经石峪字。他以为经石峪与瘗鹤的时代差不多，是有见地的。经石峪保存较多隶书笔意，但无蚕头雁尾，笔圆而体稍扁，可以上接石门铭，但不似石门铭的放肆。有人说这是王羲之写的，似无据。王羲之书多以偏侧取势，经石峪不也。瘗鹤铭结体稍长，用笔瘦劲，秀气扑人，说这近似二王书，还有几分道理（我以为应早于王羲之）。书法自晋唐以后，都贵瘦硬。杜甫诗“书贵瘦硬方通神”，是一时风气。经石峪字颇肥重，但是骨在肉中，肥而不痴，笔笔送到，而不板滞。假如用一个字评经石峪字，曰：稳。这是一个心平而志坚的学佛的人所写的字。这不是废话么，金刚经还能是不学佛的人写的？不，经字有佛性。

这样的字和泰山才相称。刻在他处，无此效果。十年前，我在经石峪待了好大一会儿，觉得两天的疲劳，看了经石峪，也就值了。“经石峪”是“泰山”不可分离的一部分。泰山即使没有别的东西，没有碧霞元君祠，没有南天门，只有一个经石峪，也还是值得来看看的。

我很希望有人能拓印一份经石峪字的全文（得用好多张纸拼起来），在北京陈列起来，即便专为它盖一个大房子，也不为过。

名山之中，石刻最多也最好的，似为泰山。大观峰真是大观，那么多块摩崖大字，大都写得很好，这好像是摩崖大字大赛，哪一块都不寒碜。这块地场（这是山东话）也选得好。石岩壁立，上无遮盖，而石壁前有一片空地，看字的人可以在一个距离之外看，收其全貌，不必像壁虎似的趴在石壁上。其他各处的摩崖石碑的字也都写得不错。摩崖字多是真书体兼颜柳，是得这样，才压得住（蔡襄平日写行草，鼓山的大字题石却是真书。董其昌字甚飘逸，但写大字则用颜体）。看大字碑刻题名，很多都是山东巡抚。大概到山东来当巡抚，先得练好大字。

有些摩崖石刻，是当代人手笔。较之前人，不逮也。有的字甚至明显地看得出是用铅笔或圆珠笔写在纸上放大的。是乌可哉。

很奇怪，泰山上竟没有一块韩复榘写的碑。这位老兄在山东待了那么久，为什么不想到泰山来留下一点字迹？看来他有点自知之明。韩复榘在他的任内曾大修过泰山一次，竣工后，电令泰山各处："嗣后除奉令准刊外，无论何人不准题字、题诗。"我准备投他一票。随便刻字，实在是糟蹋了泰山。

担山人

我在泰山遇了一点险，在由天街到神憩宾馆的石级上，叫一个担山人的扁担的铁尖在右眼角划了一下，当时出了血。这位担山人从我的后边走上来，在我身边换肩。担山人说："你注意一点。"话倒是挺和气，不过有点岂有此理，他在我后面，倒是我不注意！我看他担着重担，没有说什么（我能说什么呢？揪住他不放？这种事我还做不出来）。这个担山人年纪比较轻，担山、做人，都还少点经验。他担了四块正方形的水泥砖，一头两块

（为什么不把原材料运到山上，在山上做砖，要这样一趟一趟担）。我看了别的担山人，担什么的都有。有担啤酒的，不用筐箱，啤酒瓶直立着，缚紧了，两层。一担也就是担个五六十瓶吧。我们在山上喝啤酒，有时开了一瓶，没喝完，就扔下了，往后可不能这样，这瓶酒来之不易。泰山担山人有个特别处，担物不用绳系，直接结缚在扁担两头。这样重心就很高，有什么好处？大概因为用绳系，爬山级时易碰腿。听泰山管理处的路宗元同志说，担山人一般能担一百四五十斤，多的能担一百八十斤。他们走得不快，一步一步，脚脚落在实处，很稳，呼吸调得很匀，不出粗气。冯玉祥诗《上山的挑夫》说担山人“腿酸气喘，汗如雨滴”，要是这样，那算什么担山的呢？

泰山担山人的扁担较他处为长，当中宽厚，两头稍翘，一头有铁尖（这种带有铁尖的扁担湖南也有，谓之钎担）。扁担作紫黑色，不知是什么木料，看起来很结实，又有绵性，既能承重，也不压肩。

我的那点轻伤不算什么。到了宾馆，血就止了。大夫用酒精擦了擦，晚上来看看，说：“没有感染（我还真有点怕万一感染了破伤风什么的）。”又说：“你扎的那个地方可不好！如果再往下一点，扎得深一点……”

“那就麻烦了！”

扇子崖下

泰山散文笔会的作家去登扇子崖。我和斤澜没有上去。叶梦为了陪我们，上了一截又下来了。路宗元同志叫我们在下面随便走走，等登山的人下来。

这也是一个景区，竹林寺风景管理区，但竹林寺只存其名，寺已不存在。这里属泰山西路，不是登山的正路，游人很少。除了特意来登扇子崖的，几乎没有人来。这不大像风景区，倒像山里的一个村子。稍远处有农家，地里种着地瓜（即白薯）。一个树林里有近百只羊。一色是黑山羊。泰山的山羊和别处不大一样，毛色浓黑，眼圈和嘴头是棕黄色的——别处黑山羊的眼和嘴都是浅灰色。这些羊分散在石块上，或立或卧，都一动不动，只有嘴不停地磨动，在倒嚼。这些羊的样子很“古”。有一个小庙，叫无极庙。庙外有老妇人卖汽水。无极庙极小。正殿上塑着无极娘娘，两旁配殿一边塑送生娘娘，一边塑眼光娘娘，如碧霞元君祠简陋。中国人不知道为什么对眼光娘娘那样重视，很多庙里都有，是中国害眼的特多？无极庙小，没人来，亦无住持僧道，庭中有树两株，石凳一个，很安静。在石凳上坐坐，舒服得很。出门时问卖汽水的老妇人：“有人买汽水么？”答：“有！”

出无极庙，沿山路徐行。路也有点起伏，石级崎岖处得由叶梦扶我一把，但基本上是平缓的。半山有石亭，在亭外坐下，眺望近处的长寿桥，远处的黑龙潭，如王旭《西溪》诗所说“一川烟景合，三面画屏开”，很美。许安仁《游泰山竹林》诗云：“客来总说游山好，不道山僧却厌山”，在游山诗中别开生面。我在泰山，虽不到“厌山”的程度，但连日上上下下，不免疲乏，能于雄、伟、奇、险之外得一幽境（王旭《游竹林寺》：“竹林开幽境”）偷闲半日，也是很好的休息。

薄暮，登山诸公下来，全都累得够呛，我与斤澜皆深以不登扇子崖为得计。

临走时，卖汽水的老妇人已经走了，无极庙的门开着。

回来翻翻资料，无极庙的来历原来是这样：一九二五年张宗昌督鲁时，兖州镇守使张培荣封其夫人为“无极真人”，并在竹林寺旧址建无极庙，不禁失笑。一个镇守使竟然“封”自己的老婆为“真人”，亦是怪事。这种事大概只有张宗昌的部下才干得出来。

中溪宾馆

中溪宾馆在中天门，一径通幽，两层楼客房，安安静静。楼外有个长长的庭院，种着小灌木，豆板黄杨、小叶冬青、日本枫。庭院两端有一石造方亭，突出于山岩之外，下临虚谷，不安四壁。亭中有石桌石凳。坐在亭子里，觉山色皆来相就，用四川话说，真是“安逸”。

伙食很好，餐餐有野菜吃。十年前我到泰山，就吃过野菜，但不如这次多。泰山可吃的野菜有一百多种，主要的有三十一种。野菜不外是两种吃法，一是开水焯后凉拌，一是裹了蛋清面糊油炸。我们这次吃过的野菜有这些：

灰菜（亦名雪里青，略焯，凉拌。亦可炒食，或裹面蒸食）

野苋菜（凉拌或炒）

马齿苋（凉拌或炒）

蕨菜（即藜，焯后凉拌）

黄花菜（泰山顶上的黄花菜淡黄色，与他处金黄者不同，瓣亦较厚而嫩，甚香。凉拌或炒，亦可做汤）

藿香（即做藿香正气丸的藿香。山东人读“藿”音如“河”，

初不知“河香”为何物，上桌后方知是一味中药。藿香叶裹面油炸）

薄荷（野生者。油炸，入口不凉，细嚼后有薄荷香味）

紫苏（本地叫苏叶，与南京女作家苏叶名字相同，但南京的苏叶不能裹面油炸了吃耳）

椿叶（香椿已经无嫩芽，但其叶仍可炸食）

木槿花（整朵油炸，炸出后花形不变，一朵一朵开在瓷盘里。吃起来只是酥脆，亦无特殊味道，好玩而已）

宾馆经理朱正伦把野菜移栽在食堂外面的空地上，要吃，由炊事员现采，故皆极新鲜。朱经理说港台客人对中溪宾馆的野菜宴非常感兴趣。那是，香港咋能吃到野菜呢！

宾馆的服务员都是小姑娘，对人很亲切，没有星级宾馆的服务员那样过多的职业性的礼貌。她们对“散文笔会”的十八位作家的底细大体都摸清了。一个叫米峰的姑娘戴一副眼镜，我戏称她为学者型的服务员。她拿了一本《蒲桥集》来让我签名，说是今年一月在岱安买的，说她最喜欢《昆明的雨》那几篇，说没想到我会来，看到了我，真高兴。我在扉页上签了名，并写了几句话。

山中七日，除了在山顶的神憩宾馆住过一晚上外，六天都住在中溪宾馆。早晨出发，薄暮归来。人真是怪，宾馆，宾馆耳，但踏进大门，即觉得是回家了。

我问朱正伦同志，这地方为什么叫中溪，他指指对面的山头，说山上有一条溪水，是泰山的主溪，因为在泰山之中，故名中溪。听人说，泰山山有多高，水有多高，信然。

写了两个晚上的字。为中溪宾馆写了一幅四尺横幅：溪流崇岭上，人在乱云中。

临走，宾馆人员全体出动，一直把我们送下山坡上汽车。桑下三宿，未免有情。再来泰山，我还住中溪。

泰山云雾

宿中溪宾馆第二天，我起得很早，推开客房楼门，到院里一看，大雾。雾在峰谷间缓缓移动，忽浓忽淡。远近诸山皆作浅黛，忽隐忽现。早饭后，雾渐散，群山皆如新沐。

登玉皇顶，下来，到探海石旁，不由常路转到后山。后山小路狭窄，未经斫治，有些地方仅能容足，颇险。我四月间在云南曾崴过一次脚，因有旧伤，所以格外小心。但是后山很值得一看。山皆壁立，直上直下，岩块皆数丈，笔致粗豪，如大斧劈。忽然起了大雾，回头看玉皇顶，完全没有了，只闻鸟啼。从鸟声中得出所来的山岭松林的方位，知道就在不远处。然而极目所见，但浓雾而已。

宿神憩宾馆，晚上，和张抗抗出宾馆大门看看，只见白茫茫一片，不辨为云为雾。想到天街走走，服务员劝我们不要去，危险，只好伏在石栏上看看。云雾那样浓，似乎扔一个鸡蛋下去也不会沉底。老是白茫茫一片，看到什么时候？回去吧。抗抗说她小时候看见云流进屋里，觉得非常神奇。不想我们回去，拉开了玻璃大门，云雾抢在我们前面先进来了，一点不客气，好像谁请了它似的。

离开泰山的那天夜晚，雾特大，开了车灯，能见度只有二尺。司机在泰山开了十年车，是老泰山了。他说外地司机，这天气不敢开车。我们就这样云里雾里，糊里糊涂地离开泰山了。

在车里，我想：泰山那么多的云雾，为什么不种茶？史载：中国的饮茶，始于泰山的灵岩寺，那么，泰山原来是有茶树的。泰山的水那样好（本地人云：泰山有三美，白菜、豆腐、水），以泰山水泡泰山茶，一定很棒。我想向泰山管委会作个建议：试种茶树。也许管委会早已想到了，下次再来泰山，希望能喝到泰山岩茶，或“碧霞新绿”。

一九九一年七月末，北京

注释

原载《绿叶》一九九二年第一期（创刊号）。

泰山拾零

游过泰山的人很多，关于泰山的书籍、文章、导游的小册子也很多。凡别人已经记过的，不欲再记。且我往游泰山，距今已十好几年，印象淡忘，难以追忆。只记一些现在还记得的小事，少留鸿印去尔。

陈庙长

泰山管理处设在岱庙，主任姓陈。但是当地人都不叫他陈主任，而叫他陈庙长，因为他在庙里办公，在庙里住。陈庙长对泰山非常熟悉，有重要一点的客人来，都由他接待。陈庙长有一套讲究的衣服，毛料的中山装。有外宾来，他就换上这身衣服。当地人一看陈庙长走在街上，就互相传告：“今天有外国人来，陈庙长换衣服了！”这是一个很幽默健谈的人，他向我们介绍了泰山概况，背了几首咏泰山的诗，最后还背了韩复榘的大作。

韩复榘是国民党时期山东省政府主席，是个没有文化的军阀，有许多关于他的笑话。流传得最广的是，蒋介石规定行人靠左走，韩复榘说：“蒋委员长提倡的事我都赞成，就是这一点不行。大家都靠左走，右边谁走呢？”

韩复榘咏泰山诗如下：

> 远看泰山黑乎乎，
> 上边细来下边粗。
> 有朝一日倒过来，
> 下边细来上边粗。

这是咏泰山诗的压卷之作！

韩复榘还有一首咏济南趵突泉的诗，也不错：

> 趵突泉，
> 泉趵突，
> 三个泉眼一般粗，
> 咕嘟咕嘟又咕嘟。

陈庙长在陪我们游山途中还讲了一些韩复榘的逸事，以与泰山无关，不录。当然，韩复榘的故事和诗，都是别人编出来的。

汪曾祺在泰山

经石峪

泰山留给我印象最深的是经石峪。

在半山的巉岩间忽然有一片巨大的石坂，石色微黄，是一整块，极平，略有倾斜，上面刻了一部《金刚经》，字大径斗，笔势雄浑厚重，大巧著拙，字体微扁，非隶非魏。郭沫若断为齐梁人所书，有人有不同意见。经石峪成为中国书法里的独特的字体。龚定庵谓：南书无过《瘗鹤铭》，北书无过《金刚经》。《瘗鹤铭》在镇江焦山，《金刚经》即指泰山经石峪。

为什么在这里刻了一部经？积雨之后，山水下注，流过石面，淙淙作响，有如梵唱，流水念经，亦是功德。

快活三里

登泰山，紧十八，慢十八，不紧不慢又十八。“十八”指的是十八里还是十八盘，未详。反正爬完三个十八，就到南天门了。三个十八，爬起来都很累人。当中忽有一段平路，名曰“快活三里”。这名字起得好！若在原隰，三里平路，有何稀奇！但在陡峻的山路上，爬得上气不接下气，忽遇坦途，可以直起身来，均匀地呼吸，放脚走去，汗收体爽，真是快活。人生道路，亦犹如此。

讨钱

泰山山道旁，有不少人家以讨钱为生。讨钱的大都是老婆婆和小孩子。他们坐在路边，并不出声，进香的善男信女，就自动把钱丢进他们面前的瓢里。小孩子有时缠着奶奶：“奶奶，我今天跟你去讨钱！”——“不叫你去！”——“要去嘛，要去嘛！”这些孩子不觉得讨钱有什么羞耻，他要跟奶奶去讨钱，就跟要跟奶奶去逛庙会或上街买东西一样。这些人家的日子过得不错。每年香期，收入很可观。讨钱是山上居民的专利，山下乞丐不能分享。他们穿戴得整整齐齐，并不故作褴褛。

泰山老奶奶

泰山是道教的山。中国的山不是属于佛教就是属于道教。天下名山僧侣多。峨眉、五台、普陀、九华山，是佛教的四大名山，各为普贤、文殊、观音、地藏的道场。青城、武当是道教的山。泰山的主神似为碧霞元君。碧霞元君是东岳大帝的女儿，但据陈庙长告诉我，当地老乡不知道什么碧霞元君，都叫她泰山老奶奶。不知道为什么，元君的塑像不是一个要眇的少女，却是一个很富态的半老的宫妆的命妇，秉笏端正，毫无表情。碧霞元君祠长年锁闭，参拜的人只能从窗格的窟窿间看一眼。善男信女，只能从窟窿里把奉献的香钱丢进去。一年下来，祠内堆满了钱。每年打开祠门，清点一次。明清以来有定制，这钱是皇后嫔妃的脂粉钱，别人不得擅用。

绣 球 花

泰山五大夫松附近有一家茶馆。爬了一气山，进去喝一壶热茶，太好了。水好，茶叶不错，房屋净洁，座位也舒服。

茶馆有一个院子，院里的石条上放了十多盆绣球花。这里的绣球的花头比我在别处看过的小。别处的绣球一球有一个脑袋大，这里的只比拳头略大一点。花瓣不像别处的是纯白的，是豆绿色的。花瓣较小而略厚。干不高，不到二尺；枝多横生。枝干皆老，如盆景。叶深墨绿色，甚整齐，无一叶残败。这些绣球显出一种充足而又极能自制的生命力。我不知道这样的豆绿色的绣球是泰山的水土使然，还是别是一种。茶馆的主人以茶客喝剩的茶水洗

泰山人家喜种绣球，曾在南天门下茶馆见十余盆，以残茶浇之，花作残绿色。　丙子秋　曾祺记

之，盆面积了颇厚的茶叶。这几盆绣球真美，美得使人感动。我坐在花前，谛视良久，恋恋不忍即去。别之已十几年，犹未忘。

山顶夜宴

游泰山的，大都在山顶住一夜，等着第二天看日出。山顶有招待所。招待所供应晚餐，煮挂面，陈庙长特意给我们安排了一顿正式的晚餐。在泰山绝顶，这样的晚餐算是非常丰盛的了：烧鸡、卤肉、炒鸡蛋、炸花生米，还有炒棍儿扁豆。这棍豆是山上出的，照上海人的说法，真是“嫩得不得了”！我平生吃过的棍豆，以泰山顶上的最为鲜嫩。还有一种很特别的菜，油炸的绿叶。陈庙长说这是藿香，泰山的特产。颜色碧绿，入口酥脆而有清香，嚼之下酒，真是妙绝。这顿夜宴，不知费了几许人力，惭愧惭愧。

把青菜的叶子油炸了吃，这是山东特有的吃法，我后来在别处还吃过油炸菠菜，也很好吃。山东菜谱中皆未载此种做法。

看日出

游泰山的最大希望在看日出。很多人看不到，因为天气不好。

等着看日出，要受一点罪。山顶上夜里很冷，风大。招待所床位已经全部租出，有人只能裹了一件潮乎乎的棉大衣在庙下蜷缩一夜。

夜里下了雨。

次日拂晓，雨停了。有几个青年大叫：“天晴了！快去！快去！”

天气还不很好，但总算看到日出了。但是并不像许多传文里所描写过的，气势磅礴，灿烂辉煌，红黄赤白，瞬息万变，使人目眩神移，欢喜赞叹。下山后有人问我："看到日出了么？怎么样？"我只能说："看到了，还不错。"这样的日出，我在别处也看见过。在井冈山黄洋界看到日出，所得印象即比在泰山看到的要深，因为是无意中看到的，更令人惊奇不已，想要高歌大叫。

世间事物，宣传太过，即使真的了不起，也很难使人满足。

耙和尚

泰山是道教的山，但后山山脚却有一座佛寺，寺名今忘（好像是叫宝庆寺）。寺里的罗汉塑得很好。据说这寺里的罗汉和苏州紫金庵的、昆明筇竹寺的鼎足而三，可以齐名。那两处的我都看过。紫金庵的比较小，罗汉神态安详，是坐像。筇竹寺门的罗汉有的踞坐，有的靠墙，有的向前探头，有的侧卧着，姿态各异，而彼此之间互相顾盼，有所交流，是一组有联系的，带一点戏剧性的群像。这寺里的罗汉是立像，各各站在一个龛里，比常人稍高大。塑得的确不错，眉目如生，肌肉似有弹性，衣纹繁复而流畅，涂色精细但不琐碎。龛面罩了玻璃，保存得很好。

寺后有一片庄稼地。陈庙长告诉我们，这有一段故事，寺里的和尚很霸道，强占了很多民田。这里的庄户人和和尚打了多年官司，一直打到皇帝那里。皇帝看了呈子，说"罢了吧"。"罢了吧"意思是算了吧，不要再打官司了。庄户人一听，圣旨下来了，就把寺里的和尚都活埋在地里，只露出一个个和尚脑袋，用耙地的耙都给耙了。这当然只是个故事，不过当地人说确实有过那么回事，他们这么说，咱就听着，不抬杠。

莱芜讴

我们顺便到莱芜看了看。莱芜有中国最大的淡水养鱼湖，据说湖的面积有三个西湖大。坐了汽艇在湖里游了一圈，确实很大。有几只船在捕鱼，鱼都很大。

午饭、晚饭都上了鳜鱼，鳜鱼有七八斤重，而且不止一条。可惜煮治不甚得法，太淡。凡做鱼，宁偏咸，毋偏淡。厨师口诀云：“咸鱼淡肉。”——肉淡一点不妨。这样大的鱼，宜做松鼠鱼，红烧白煮皆不易入味。

晚上看了莱芜梆子。莱芜梆子的特别处是每逢尾腔都倒吸气，发出“讴——”的声音。所以叫作“莱芜讴”。倒吸气，向里唱，怎么能出声音呢？我试了试，不行。这种唱法不知是怎么形成的，别的剧种从无这样的唱法。由“莱芜讴”我想到“赵代秦楚之讴”会不会也是这种唱法？“讴歌”，讴和歌应该是有区别的。“讴”，会不会是吸气发声？这当然是瞎想，毫无佐证。不过我在内蒙古确曾遇到一个蒙古族人，他的说话方式很特别，一句话的上半句是呼气说出的，下半句却是吸着气说的。说不定古代曾有过吸气而讴的讴法，后来失传了。

一九八七年三月廿四日

注释

原载香港《文学家》一九八七年第一卷第二期。

隆中游记

往桑植，途经襄樊，勾留一日，少不得到隆中去看看。

诸葛亮选的（也许是他的父亲诸葛玄选的）这块地方很好，在一个山窝窝里，三面皆山，背风而向阳。岗上高爽，可以结庐居住；山下有田，可以躬耕。草庐在哪里？半山有一砖亭，颜曰“草庐旧址”，但是究竟是不是这里，谁也说不清。草庐原来是什么样子，更是想象不出了。诸葛亮住在这里时是十七岁至二十七岁，这样年轻的后生，山上山下，一天走几个来回，应该不当一回事。他所躬耕的田是哪一块呢？知不道。没有人在一块田边立一块碑：“诸葛亮躬耕处”，这样倒好！另外还有“抱膝亭”，当是诸葛亮抱膝而为《梁父吟》的地方了。不过诸葛亮好为“梁父吟”，恐怕初无定处，山下不拘哪块石头上，他都可坐下来抱膝而吟一会儿的。这些“古迹”也如同大多数的古迹一样，只可作为纪念，难于坐实。

隆中的主体建筑是武侯祠。这座武侯祠和成都的不能比，只是一门庑，一享堂，一正殿，都不大。正殿塑武侯像，像太大，与殿不成比例。诸葛亮不是正襟危坐，而是曲右膝，伸左腿那样稍稍偏侧着身子。面上颧骨颇高，下巴突出，与常见诸葛亮画像的面如满月者不同。他穿了一件戏台上员外常穿的宝蓝色的“披”，上面用泥金画了好些八卦。不知道从什么时候起，诸葛亮和八卦搞得难解难分，这真是令人哭笑不得，无可奈何的事！

正殿和享堂都挂了很多楹联，佳者绝少。大概诸葛亮的一生功业已经叫杜甫写尽了，后人只能在“三顾”“两表”上做文章，翻不出新花样了。最好的一副，还是根据成都武侯祠复制的：“能攻心则反侧自消，从古知兵非好战；不审势即宽严皆误，后来治蜀要深思”，不即不离，意思深远。有一副的下联是“气周瑜，辱司马，擒孟获，古今流传”，把《三国演义》上的虚构故事也写了进来，堂而皇之地挂在那里，未免笑话。郭老为武侯祠写了一幅中堂，大意说：诸葛亮和陶渊明都曾经躬耕，陶渊明成了诗人，诸葛亮成就了功业。如果诸葛亮不出山，他大概也会像陶渊明一样成为诗人的吧？联想得颇为新奇。不过诸葛亮年轻时即自比于管仲、乐毅，恐怕不会愿抛心力做诗人。

武侯祠一侧为“三义殿”，祀刘、关、张。三义殿与武侯祠相通，但本是“各自为政”，不相统属的。导游说明中说以刘、关、张“配享”诸葛亮，实是有乖君臣大体！三义殿中塑三人像，是泥胎涂金而“做旧”了的。刘备端坐。关、张一个是豹头环眼，一个是蚕眉凤目，都拿着架子，用戏台上的“子午相”坐着。老是这样拿着架了，——尤其是关羽，右手还高高地挑起他的美髯，不累得慌么？其实可以让他们松弛下来，舒舒服服地坐着，这样也比较近似真人，而不像戏曲里的角色。——中国很多神像都受了戏曲的影响。

三义殿前为“三顾堂”，楹联之外，空无一物。

隆中是值得看看的。董老为三顾堂书联，上联用杜甫句“诸葛大名垂宇宙”，下联是“隆中胜迹永清幽”。隆中景色，用“清幽”二字，足以尽之。所以使人觉得清幽，是因为隆中多树。树除松、柏、桐、乌柏外，多桂花和枇杷。枇杷晚翠，桂花不落叶。所以我们往游时，虽已近初冬，山上还是郁郁葱葱的。三顾堂前大枇杷树，树荫遮满一庭。据说花时可收干花数百斤，数百年物也。

下山，走到隆中入口处，有一石牌坊（我们上山走的是旁边的小路），牌坊背面的横额上刻了五个大字：“三代下一人”，觉得这对诸葛亮的推崇未免过甚了。“三代下一人”，恐怕谁也当不起，除非孔夫子。

一九八四年十一月七日

注释

原载《收获》二〇〇一年第四期。

皖南一到

草木

合肥菊花很好，花大，棵矮，叶肥厚而颜色深。招待所廊前所放的菊花都可称为名种。金寨路边有卖菊花的摊子，狮子头、绿菊、金背大红，每盆均索价三元。这样的价钱在北京是买不到的（我想还可以还价）。大概合肥的土质、气候对菊花很相宜。

合肥多冬青树，甚高大，紫灰色的小果子累累结满一树。出合肥，公路两侧多植冬青。以冬青为公路的林荫树，我在别的省还没有见过。自屯溪至黟县，路边尽植乌桕，通红的叶子。沿路有茶山、竹山。屯溪附近小山上有油茶，正纷纷地开着白花。问之本地人，云是近年所推广。有几个县大面积种植了油菜。大概安徽人是吃菜籽油的，能吃得惯茶油么？

屯　溪

到屯溪，住华山宾馆的三江楼。三江者：自镇海桥以西为横江；桥东为与横江成直角，南北向者率河。率河，直河也。又东，则为新安江。走到阳台上，三江在望。接待站的同志嘱为宾馆写字，即为书“三江一望”隶书大横幅。三江水皆清浅，两岸早晚都有妇女捶衣，棰声清越。

到屯溪，主要目的是看看一条老街。据说这本是一条明代的街，因遭匪掠，街尽毁于火，现在的老街是清代重建的，但规模还是老样子。街不宽，有一段两边店铺的风火墙尖几欲相接，但因禁车辆通行，故很安静。店铺中有放迪斯科音乐的，音量不大，

金背大红，十丈珠帘，鹅毛，狮子头
一九八三年四月　曾祺写菊

不吵人。小小一条街有几家卖文房四宝、古玩瓷器的，使这条街有颇浓的文化气息。杂货店中卖桂圆、荔枝，黄山小胡桃尤其多。有一家酱园，酱油、醋都放在敞盖的缸里。有一家相当大的药店，放药的抽屉的位置很高，看样子是一家老药店了，药香直飘到街上。这虽是重建的街，但黑瓦白墙，犹存旧制，漫步街头，可以感受到一些历史气氛，比花了重赀新造的什么“宋街”之类的假古董要有意思。

歙　县

歙县谯楼的门洞是方的，两边各竖十二根巨大的木柱，柱皆向外倾侧，涂红漆，上建楼，甚宽广。这样的建筑别处未见过，——一般的钟楼鼓楼都是发券的拱形门洞。本地即称这座建筑为“二十四根柱子”。

“许国石坊”在正街中心，本地人叫作“八角牌坊”。牌基为长方形，实为两座同样的牌坊而左右连接，形制很特别，据说这样的石坊中国只有两座，为全国重点文物。石坊有横额两道。上面一道大书“大学士”，下面一道写的是“少保兼礼部尚书武英殿大学士许国”，皆阴刻涂黑漆。字极端正，或云为董其昌书。许国事迹待考。石坊柱子是方形的，四面都刻了狮子，颇生动，两侧的狮子是倒立的。倒立的石狮我还是头一回见到。石坊为“黟县青”所斫治。黟县青石多大材，硬度宜于雕凿，而又坚致不易风化，是造牌坊的好材料。皖南多石牌坊，牌坊大都是“黟县青”。

歙县是我的老家所在。在合肥，我曾戏称我是“寻根”来了。

小时候听祖父说：我们本是徽州人，从他起往上数，第七代才迁居至高邮。祖父为修家谱，曾到过歙县。这家谱我曾见过，一开头是汪华的像。汪华大概是割据一方的豪侠，后来降了唐，受李渊封为越国公。“越国公”在隋唐之际是很高的爵位，隋炀帝时的司空杨素就被封为越国公。他在当地被称为“汪王”，甚至称之为“汪王大帝”。据说汪家的老祠堂很大，叫作“汪王庙”。一说汪华降的是南唐，非李唐。我问徽州人，汪家老祠堂还在么？答云：早没有了，早年还能拾到一些残砖断瓦。汪家是歙县第一大姓，我在徽州碰到好几位姓汪的。我站在歙县的大街上，想：这是我的老家，竟有一种说不出来的感情。慎终追远，是中国人抹不掉的一种心态。而且，也似无可厚非。

黟　县

到黟县，为看古民居。

先到西递。西递之名甚怪。据说镇中流水萦绕，先向东流，又折而向西，水可一直流到每一家的堂前、灶前；又说这原是通往西路的驿站，故名。似乎这都有点想当然尔。

传说西递始建于南宋。徽州商业是南宋以临安为行在所之后发达起来的。徽商在外面发了财，回乡盖房，聚居成镇，有这种可能。现在看起来，里巷曲折四通，一律铺了黟县青石；人家住宅分布得很有秩序，不是杂乱无章，随便乱盖，是一个古镇的样子，也可以说有一点南宋遗规，但房屋都是后来翻盖过的了。在两家看到他们家祖先的“影”，男的都是补服顶戴，顶子是水晶的，官不大，大概是捐的官（女的则是凤冠霞帔，据一个讲解员说，洪承畴的母亲死后，顺治帝特许以明代服饰成殓，相沿成风，人家祖先影像都是男的穿清代服装，女的穿明代服装，说或有据，我回忆我家从前的影像，都是如此）。看看人家挂的字画，题款年代多为咸、同之际。有一个绅董议事的厅堂，廊下挂了一副木制的对联：“之九万里而南；以八千岁为春。”字是郑板桥写的。那么这所厅堂的建筑年代最早也不会超过乾隆。

因为是商人的家（有一家的朱红对联上写道：“做官好营商好效好便好；创业难守成难知难不难”，很朴实地说出了商人哲学），没有深宅大院。门小，进门是一个天井，天井石条上照例有几盆花。上水石积苔甚厚。有一家有一丛天竺，结实才如胡椒大，而颜色鲜红发亮，与别处常见的如梧桐子大者不同，或别是一种。正面为前堂、后堂，是待客起坐处，两侧是卧室。房屋不高大，谨谨慎慎，人口不多，住起来大概相当舒服。门窗雕镂得很精致，或有涂金漆者。我没有看到流水直到堂前灶前，倒看到一家“四水归堂”。堂中方砖下是空的，落雨，水由天井流至堂下。有一块石牌可以揭起，取水甚便。

有一家在两巷相交处有一转角楼，楼在围墙内，依势而起，逶逶迤迤，不方不正。屯溪人说这是小姐抛彩球的绣楼。这当然是无稽之谈。抛球择婿是戏文里的事，于史无征，而且即在戏里，也只有王宝钏抛过彩球，余无闻焉（据说广西壮族有抛彩球风俗，不知如何会传到山西梆子里——“彩楼配”最初大概是山西梆子）。明清以后，黟县何能有此风俗？抛球的彩楼是临时搭起的，怎么会有一个永久性的建筑？这家有多少小姐？每个小姐都用抛球的办法择婿么？再说这座楼下是两条相交的巷子，并非通衢广场，也容不下许多王孙公子挨挨挤挤地抢彩球。这座楼上有一白底黑字的横匾，文曰：“桃花源里人家”，证明这是主人静处闲眺的地方，与小姐无涉。楼下围墙开一小门，黑色的大理石横额上刻了一行小篆，涂金，笔画细秀：“作退一步想”，是这家的后门，而已。因为这座楼形制特别，小巧玲珑，望之有趣，因此生出小姐抛彩球的附会，也无足怪。

下午到宏村，参观一家旧宅。

我们是从后门进去的。房子是一个盐商盖的。盐商大概很发了点财，房子很考究。主房两进。两进之间是一个大天井，四面“跑马楼”。楼上无隔断，不能住人，想是庋藏财物的。楼下北面为大厅。木料都很粗大，涂生桐油。这宅子引起美术界的注意，是因为有极精细的木雕。徽州木雕是在素面的木枋上开出长方的一块，内刻人物故事。天井南面的木枋上刻的是“百子闹元宵”，整整一百个孩子，敲锣打鼓，狮子龙灯，高跷旱船，很热闹，只是构图稍平。北面木枋上刻的是“唐肃宗宴客图”。两边的人物都微微向内倾侧，形成以肃宗为中心的画面，设计很聪明。据讲解同志说，这幅木雕共七层，层次分明，最后的人物的靴鞋都交代很清楚（“百子闹元宵”只三层）。木雕右侧是一个侍仆在扇风炉烧茶水。左侧有一个大臣坐着，歪着头，眯着眼，由一个待诏为之挑耳。宴会上掏耳朵，这风俗很奇怪。也许是明清之际或唐肃宗时有此习俗，否则雕刻的细木匠不会无缘无故地刻出来。

前进是住人的。正中为堂屋，两侧是卧房，分别住着房主人的大小老婆。两边的隔扇都雕镂贴金，刻的是八仙，无特别处。我们还参观了房主人抽大烟的房子，打牌的房子。这家房主人有一个贴身丫头，前几年死了，八十几岁，她曾在这里住过，对于这座房的建造始末，各处作何用途，可以历述。这位贴身丫头死时八十多岁，那么这所房屋也就是八九十年，故能完好如新。房主只能算是个中等盐商，他的生活也止于娶小、抽大烟、打牌，房子也只能是这样。不像扬州大盐商可以盖得起大花园，养一些名士，附庸风雅。从这所房子看无一处匾额对联，可见此公无甚文化。但是他的房子里的木雕，特别是“唐肃宗宴客图”，实在是海内精品。在文化史上，可为此俗人记一小功。

木雕在“文化大革命”中由当地政府议决，用泥糊了，上写“毛主席万岁”，乃得幸存。

正屋右侧，有一块三角形的余地，即于其上建一间不规整的三角形的房屋，两边靠墙，一面敞开，形制很特别，亭子不像亭子，大概可称之为“簃”。中国建筑学家引美国同行参观，即以这间屋子作为中国建筑善于因地制宜、利用空间的实例。屋前阶下有石砌的养鱼池，也是三角形的，现在还有四五条鲤鱼在池底游着。这间房子是干什么用的呢？在这里下围棋倒是个好地方。但房主人大概不会下棋，只会坐在阶前，看池中鱼，命令厨子今天选哪一条宰了吃。

引导我们参观的讲解员捧了参观题名册，请写几个字。写什么呢？这家房主人姓汪，讲解员也姓汪，我也姓汪，于是写了四个大字：“宗传越国”。

讲解员说：“你们等一等，我给你们看一个宝。”他拿来一个布包，打开来，是一只干制的野人的脚！看起来，这像是人脚，从骨骼看，这“人”是可以直立的，不像是野兽的掌。脚趾甚尖利，脚面密被寸许长的棕黑色的粗毛。这到底是一个什么东西？据讲解员说，他母亲交给他时，说到她这儿，这只脚已经传了九十二代。奇怪！

讲解员一直把我们送出村口。这村子倒是家家墙外有石砌水沟，流水清澈，有人在沟边洗菜。讲解员说村中皆汪姓。村南有一圆门，外姓人只能住在圆门外。村外有南湖，湖上有南湖书院，旧制，凡汪姓子弟可免费在书院中读书六年。看来当初建村（或镇）是经过整体规划的，这些活水流通的水沟是盖房之前就设计好了的。宏村和西递，都是研究中国村镇史的极好材料。

徽　菜

徽菜专指徽州菜，不是泛指安徽菜。徽菜有特点，味重油多，臭鳜鱼是突出的代表作。据说过去贵池人以鱼篓挑鳜鱼至徽州卖，路上得走几天，至徽州，鱼已发臭，徽州人烹食之，味极美，遂为名菜。我们在合肥的徽菜馆中吃的，鳜鱼是新鲜的，但煎熟后浇以臭卤，味道也非常好，不失为使人难忘的异味。炸斑鸠，极香，骨尽酥，可以连骨嚼咽。毛豆腐是徽州人嗜吃的家常菜。菜馆和饭店做的毛豆腐都是用油炸出虎皮，浇以碎肉汁，加工过于精细，反不如我在屯溪老街一豆腐坊中所吃的，在平锅上煎熟，蘸以葱花辣椒糊，更有风味。屯溪烧饼以霉干菜肉末为馅，烤出脆皮，为他处所无，歙县人很爱吃，但亦不能仿制，不知有何诀窍。

一九八九年十一月十九日

注释

原载《花城》一九九〇年第二期。

初访福建

漳　州

漳州多三角梅。我们所住的漳州宾馆内到处都是。栽在路边大石盆里，种在花圃里。三角梅别处也有。云南谓之叶子花，因为花与叶形状无殊，只是颜色不同。昆明全种之墙头。楚雄叶子花有一层楼那样高，鲜丽夺目，但只有紫色的一种。漳州三角梅则有很多种颜色，除了紫的，有大红的、桃红的、浅红的，还有紫铜色的。紫铜色的花我还没有见过。有白色的，微带浅绿。三角梅花形不大好看，但是蓬勃旺盛，热热闹闹。这种花好像是不凋谢的。我没有看到枝头有枯败的花，地下也没有落瓣。

到处都是卖水仙花的。店铺中装在纸箱里成箱出售，标明二十粒、三十粒，谓一箱装二十头、三十头也。二十粒者是上品。胜利路、延安北路人行道上摆了一溜水仙花头，装在花篮状的竹篓里。卖水仙的多是小姑娘。天很晚了，她们提着空篓，有的篓里还有几个没有卖掉的花头，结伴归去。她们一天能卖多少钱？

一个修钟表的小店当门的桌边放了两小盆水仙。修表的是一个年轻人。两盆水仙开得很好，已经冒出好几个花骨朵。修表的桌边放两盆水仙，很合适。

参观漳州八宝印泥厂。印泥是朱砂和蓖麻油调制的（加了少量金箔、珠粉、冰片），而其底料则为艾绒。漳州出艾绒。浙江、上海等地的印泥厂每年都要到漳州采买艾绒。漳州出印泥，跟出艾绒有关。印泥厂备好纸墨，请写字留念。纸很好，六尺夹宣。写了几句顺口溜：“天外霞，石榴花，古艳流千载，清芬入万家。”漳州八宝印泥颜色很正，很像石榴花。

凡到漳州者总要去看看百花村，因为很近便。百花村所培植的主要是榕树盆景。榕树是不材之材，不能做梁柱、打家具，烧火也不燃，却是制作盆景的极好材料。榕树盆景较大，不能置之客厅书室，但是公园、宾馆、大会堂、大餐厅，则只有这样大的盆景才相称，因此行销各地，“创汇”颇多。榕树盆景并不是栽到盆子里就算完事，须经相材、取势、锯截、修整，方能攲侧横斜，偃仰矫矢，这也是一门学问。百花村有一个兰圃，种建兰甚多，可惜我们去时管理员不在，门锁着，未能参观。

木棉庵在漳州市外。这个地方的出名，是因为贾似道是在这里被杀的。贾似道是历史上少见的专权误国、荒唐透顶的奸相。元军沿江南下，他被迫出兵，在鲁港大败，不久，被革职放逐，至漳州木棉庵为押送人郑虎臣所杀。今木棉庵外土坡上立有石碑两通，大字深刻“郑虎臣诛贾似道于此”，两碑文字一样。贾似道被放逐，是从什么地方起解的呢？为什么走了这条路线？原本是要把他押到什么地方去的呢？郑虎臣为什么选了这么个地方诛了贾似道？郑虎臣的下落如何？他事后向上边复命了没有？按说一个押送人是没有权力把一个犯罪的大臣私自杀了的，尽管郑虎臣说他是“为天下诛贾似道”。想来南宋末年乱得一塌糊涂，没有人追究这件事，也就不了了之了。贾似道下场如此，在“太师”级的大员里是少见的。土坡后有一小庵，当是后建的，但还叫作木棉庵。庵中香火冷落，壁上有当代人题歪诗一首。

云　霄

云霄是果乡。到下畈山上看了看，遍山是果树，芦柑、荔枝、枇杷。枇杷树很大，树冠开张如伞盖，著花极繁。我没有见过枇杷树开这样多的花。明年结果，会是怎样一个奇观？一个承包山头的果农新摘了一篮芦柑，看见县委书记，交谈了几句，把一篮芦柑全倒在我们的汽车里了。在车上剥开新摘芦柑，吃了一路。芦柑瓣大，味甜，无渣。

云霄出蜜柚，因为产量少，不外销，外地人知道的不多。蜜柚甜而多汁，如其名。

在云霄吃海鲜，难忘。除了闽南到处都有的“蚝煎”——海蛎子裹鸡蛋油煎之外，有西施舌、泥蚶。西施舌细嫩无比。我

朱荷不多见，泉州开元寺见之。弘一法师曾住寺中念佛。

吃海鲜，总觉得味道过于浓重，西施舌则味极鲜而汤极清，极爽口。泥蚶亦名血蚶，肉玉红色，极嫩。张岱谓不施油盐而五味俱足者唯蟹与蚶，他所吃的不知是不是泥蚶。我吃泥蚶，正是不加任何作料，剥开壳就进嘴的。我吃菜不多，每样只是夹几块尝尝味道，吃泥蚶则胃口大开，一大盘泥蚶叫我一个人吃了一小半，面前蚶壳堆成一座小丘，意犹未尽。吃泥蚶，饮热黄酒，人生难得。举杯敬谢主人，曰："这才叫海味！"

云霄出矿泉水。矿泉水，深井水耳。有一位南京大学的水文专家，看了看将军山的地形，说："这样的地形，下面肯定有矿泉水。"凿井深至一千四百米，水出。矿泉水是高级饮料，现已在中国流行，时髦青年皆以饮矿泉水为"有份"。

东　山

听说东山的海滩是全国最大的海滩。果然很大。砂是硅砂，晶莹洁白。冬天，海滩上没有人。接待游客的旅馆、卖旅游纪念品的铺子、冷饮小店、更衣的棚屋，都锁着门。冬天的海滩显得很荒凉。问我有什么印象，只能说：我到过全国最大的海滩了。我对海没有记忆，因此也不易有感情。

东山城上有风动石。一块很大的浑圆的石头，上负一块很大的石头蛋。有大风，上面的石头能动。有个小伙子奔上去，仰卧，双脚蹬石头蛋，果然能动。这两块石头摞在一起，不知有多少年了。这是大自然的游戏。

厦 门

庙总要有些古。南普陀几乎是一座全新的庙。到处都是金碧辉煌。屋檐石柱、彩画油漆、香炉烛台、幡幢供果，都像是新的。佛像大概是新装了金，锃亮锃亮。

大雄宝殿里，百余僧众在做功课。他们的黄色袈裟也都很新，折线分明。一个年轻的和尚敲木鱼以齐节奏。木鱼槌颇大。他敲得很有技巧，利用木鱼槌反弹的力量连续地敲着。这样连续地敲很久，腕臂得有点功夫。节奏是快板——有板无眼：卜、卜、卜、卜……这个年轻和尚相貌清秀，样子极聪明。我觉得他会升成和尚里的干部的。

到后山逛了一圈，回到大殿外面，诵佛的节奏变成了原板——一板一眼：卜——卜——卜……

往鼓浪屿访舒婷。舒婷家在一山坡上，是一座石筑的楼房。看起来很舒服，但并不宽敞。她上有公婆，下有幼子，她需要料理家务，有客人来，还要下厨做饭。她住的地方，鼓浪屿，名声在外，一定时常有些省内外作家，不速而来，像我们几个，来吃她一顿菜包春卷。她的书房不大，满壁图书，她和爱人写字的桌子却只是两张并排放着的小三屉桌，于是经常发生彼此的稿纸越界的纠纷。我看这两张小三屉桌，不禁想起弗吉尼亚·伍尔夫的《一间自己的屋子》。舒婷在这样的条件下还能写得出朦胧诗么？听说她的诗要变，会变成什么样子？

有人为铁凝、王安忆失去早期作品的优美而惋惜。无可奈何花落去，谁也没有办法。

福　州

鼓山顶有大石如鼓，故名。或云有大风雨则发出鼓声，恐是附会。山在福州市东，汽车可以一直开到涌泉寺山门，往返甚便，故游人多。福州附近山都不大，鼓山算是大山了。山不雄而甚秀，树虽古而仍荣，滋滋润润，郁郁葱葱。福州之山，与他处不同。

涌泉寺始建于唐代，是座古刹了，但现在殿宇精整，想是经过几次重建了。涌泉寺不像南普陀那样华丽，但是规模很大，有气派。大殿很高，只供三世佛。十八罗汉则分坐在殿外两边的廊子上，一边九位。这种布局我在别处庙里还没有见过。

寺里和尚很多，大都很年轻，十八九岁。这里的和尚穿了一种特别的僧鞋，黑灯芯绒鞋面，有鼻，厚胶皮底，看来很结实，也很舒服。一个小和尚发现我在看他的鞋，说："这种鞋很贵，比社会上的鞋要贵得多。"他用的这个词很有意思："社会上的"。这大概是寺庙中特有的用词。这个小和尚会说普通话。

涌泉寺有几口大锅，据说能供一千人吃饭，凡到寺的香客游人都要去看一看。锅大而深，为铜铁合铸，表面漆黑光滑，如涂了油。这样大的锅如何能把饭煮熟？

寺东山上多摩崖石刻。有蔡襄大字题名两处。一处题蔡襄；一处与苏才翁辈同来，则书"蔡君谟"。题名称字，或是一时风气。蔡襄登鼓山，大概有两次，一次与苏才翁等同来，一次是自来。蔡襄至和三年以枢密直学士知福州，登鼓山或当在此时。然襄是仙游人，到福州甚近便，是否至和间登鼓山，也不能肯定。我很喜欢蔡襄的字。有人以为"宋四家"（苏黄米蔡），实应以蔡为首。这两处题名，字大如斗，端重沉着，与三希堂所刻诸帖的行书不相似。盖摩崖题名别是一体。

西禅寺是新盖的，还没有最后完工，正在进行扫尾工程，石匠在敲錾石板石柱，但已经提前使用，和尚开始工作了。一家在追荐亡灵。八个和尚敲着木鱼铙钹，念着经，走着，走得很快。到一个偏殿里，分两边站下，继续敲打唱念，节奏仍然很快，好像要草草了事的样子。两个妇女在殿外，从一个相框里取出一张八寸放大照片，照片上是个中年男人，放进铁炉的火里焚化了。这两个妇女当然是死者的亲属，但看不出是什么关系。她们既没有跪拜，也没有悲泣，脸上是严肃的，但也有些平淡。焚化照片，祈求亡灵升天，此风为别处所未见，大概是华侨兴出来的。但兴起得不会太早，总在有了照相术以后。

后殿有一家在还愿。当初许的愿我也没听说过：三天三夜香烛不断。一个大红的绸制横标上缀着这样的金字。也没有人念经，只是香烟袅绕，烛光烨烨。

寺北正在建造一座宝塔，十三层，快要完工了，已经在封顶。这是座钢筋水泥结构的塔。看看这座用现代材料建成的灰白色的塔（塔尚未装饰，装饰后会是彩色的），不知人间何世。

寺、塔，都是华侨捐资所建。

福建人食不厌精，福州尤甚。鱼丸、肉丸、牛肉丸皆如小桂圆大，不是用刀斩剁，而是用棒捶之如泥制成的。入口不觉有纤维，极细，而有弹性。鱼饺的皮是用鱼肉捶成的。用纯精瘦肉加芡粉以木槌捶至如纸薄，以包馄饨（福州叫作“扁肉”），谓之燕皮。街巷的小铺小摊卖各种小吃。我们去一家吃了一“套”风味小吃，十道，每道一小碗带汤的，一小碟各样蒸的炸的点心，计二十样矣。吃了一个荸荠大的小包子，我忽然想起东北人。应该请东北人吃一顿这样的小吃。东北人太应该了解一下这种难以想象的饮食文化了。当然，我也建议福州人去吃吃李连贵大饼。

武夷山

武夷山的好处是景点集中。范围不算大，处处有景，在任何地方，从任何角度，都有可看的，不似有些风景区，走半天，才有一处可看，其余各处皆平平。山水对人都很亲切，很和善，迎面走来，似欲与人相就，欲把臂，欲款语，不高傲，不冷漠，不严峻。武夷属低山，游程“有惊无险”。自山麓至天游峰皆石级，走起来不累。我已经近七十，上天游峰不感到心脏有负担。

玉女峰亭亭而立，大王峰虎虎而蹲。晒布岩直挂而下，石色微红，寸草不生，壮观而耐看。天游是绝顶，一览众山，使人有出尘之想。

武夷的好处是有山有水。九曲溪是天造奇境。溪随山宛曲，水极清，溪底皆黑色大卵石。现在是枯水期，水浅，竹筏与卵石相摩，咯咯有声。坐在筏上，左顾右盼，应接不暇。

船棺不知是何代物。那时候的人是用什么办法把棺材弄到这样无路可通的悬崖绝壁的山洞里的？为什么要把死人葬在这样高的地方？这是无法解释的谜。

水帘洞不是像《西游记》所写的那样洞口有瀑布悬挂如帘，而是从峭壁上挂下一条很长的草绳，山上水沿草绳流注，被风吹散，如烟如雾，飘飘忽忽，如一片透明的薄帘。水帘洞下有田地人家，种植炊煮，皆赖山水。泉下有茶馆，有人在饮茶。

天车是一列巨大的木制绞车，因为嵌置在峭壁极高处的山缝间，如在天上，当地人谓之“天车”。据传，太平天国时有财主数姓，避乱入岩洞中，设此天车，把财物和食物绞上去，在洞中藏匿甚久，太平天国军仰攻之，竟不得上。峭壁有碑记其事。这块碑的措辞很尴尬，当然要说太平天国是革命的，地主是反动的，但是游人仰看天车，则只有为天车感到惊奇，碑文想发一点感慨，可不知说什么好。

武夷山是道教山，入山处原有武夷宫，已毁，现在正在重建，结构存其旧制，而规模较小。看了檐口的大斗拱，知道这是宋式建筑。宫前有两棵桂花树，云是当年所植，数百年物也。宫外有荣观，亦宋式。

我们所住的银河饭店门前是崇安溪；屋后亦有小溪，溪水小有落差，入夜水声淙淙不绝。现在是旅游淡季，整个旅馆只住了我们五个人。经理为我们的饭菜颇费张罗，有炒新鲜冬笋，有武夷山的山珍石鳞，即石鸡，山间所产的大蛙也，有狗肉，有蛇汤。临行，经理嘱写字留念，写了一副对联：“四围山色临窗秀，一夜溪声入梦清。”

庚午年正月初四

注释

原载一九九〇年四月二十一、二十八日《中国旅游报》。

听遛鸟人谈戏

近来我每天早晨绕着玉渊潭遛一圈。遛完了，常找一个地方坐下听人聊天。这可以增长知识，了解生活。还有些人不聊天。钓鱼的、练气功的，都不说话。游泳的闹闹嚷嚷，听不见他们嚷什么。读外语的学生，读日语的、英语的、俄语的，都不说话，专心致意把莎士比亚和屠格涅夫印进他们的大脑皮层里去。

比较爱聊天的是那些遛鸟的。他们聊的多是关于鸟的事，但常常联系到戏。遛鸟与听戏，性质上本相接近。他们之中不少是既爱养鸟，也爱听戏，或曾经也爱听戏的。遛鸟的起得早，遛鸟的地方常常也是演员喊嗓子的地方，故他们往往有当演员的朋友，知道不少梨园掌故。有的自己就能唱两口。有一个遛鸟的，大家都叫他“老包”，他其实不姓包，因为他把鸟笼一挂，自己就唱开了：“包龙图打坐在开封府……”就这一句。唱完了，自己听着不好，摇摇头，接茬再唱：“包龙图打坐……”

因为常听他们聊，我多少知道一点关于鸟的常识。知道画眉的眉子齐不齐，身材胖瘦，头大头小，是不是“原毛”，有“口”没有，能叫什么玩意儿：伏天、喜鹊——大喜鹊、山喜鹊、苇咋子、猫、家雀打架、鸡下蛋……知道画眉的行市，哪只鸟值多少“张”。——一“张”，是一张拾圆的钞票。他们的行话不说几十块钱，而说多少张。有一个七十八岁的老头，原先本是勤行，他的一只画眉，人称鸟王。有人问他出不出手，要多少钱，他说：“二百。”遛鸟的都说：“值！”

我有些奇怪了，忍不住问：

一只鸟值多少钱，是不是公认的？你们都瞧得出来？

几个人同时叫起来：“那是！老头的值二百，那只生鸟值七块。梅兰芳唱戏卖两块四，戏校的学生现在卖三毛。老包，倒找我两块钱！那能错了？”

“全北京一共有多少画眉？能统计出来么？”

“横是不少！”

“‘文化大革命’那阵没有了吧？”

“那会儿谁还养鸟哇！不过，这玩意禁不了。就跟那京剧里的老戏似的，‘四人帮’压着不让唱，压得住吗？一开了禁，您瞧，呼啦——全出来了。不管是谁，禁不了老戏，也就禁不了养鸟。我把话说在这儿：多会儿有画眉，多会儿他就得唱老戏！报上说京剧有什么危机，瞎掰的事！”

这位对画眉和京剧的前途都非常乐观。

一个六十多岁的退休银行职员说：“养画眉的历史大概和京剧的历史差不多长，有四大徽班那会儿就有画眉。”

他这个考证可不大对。画眉的历史可要比京剧长得多，宋徽宗就画过画眉。

“养鸟有什么好处呢？”我问。

“嗐，遛人！”七十八岁的老厨师说，“没有个鸟，有时早上一醒，觉得还困，就懒得起了；有个鸟，多困也得起！”

“这是个乐儿！”一个还不到五十岁的扁平脸、双眼皮很深、络腮胡子的工人——他穿着厂里的工作服，说。

“是个乐儿！钓鱼的、游泳的，都是个乐儿！”说话的是退休银行职员。

“一个画眉，不就是叫么？怎么会有那么大的差别？”

一个戴白边眼镜的穿着没有领子的酱色衬衫的中等老头儿，他老给他的四只画眉洗澡——把鸟笼放在浅水里让画眉抖擞毛羽，说：

“叫跟叫不一样！跟唱戏一样，有的嗓子宽，有的窄，有的有膛音，有的干冲！不但要声音，还得要‘样’，得有‘做派’，有神气。您瞧我这只画眉，叫得多好！像谁？”

像谁？

“像马连良！”

像马连良？！

我细瞧一下，还真有点像！它周身干净利索，挺拔精神，叫的时候略偏一点身子，还微微摇动脑袋。

“潇洒！”

我只得承认：潇洒！

不过我立刻不免替京剧演员感到一点悲哀，原来在这些人的心目中，对一个演员的品鉴，就跟对一只画眉一样。

“一只画眉，能叫多少年？”

勤行老师傅说：“十来年没问题！”

老包说：“也就是七八年。就跟唱京剧一样：李万春现在也只能看一招一式，高盛麟也不似当年了。”

他说起有一年听《四郎探母》，甭说四郎、公主，佘太君是李多奎，那嗓子，冲！他慨叹说：

“那样的好角儿，现在没有了！现在的京剧没有人看，——看的人少，那是啊，没有那么多好角儿了嘛！你再有杨小楼，再有梅兰芳，再有金少山，试试！照样满！两块四？四块八也有人看！——我就看！卖了画眉也看！”

他说出了京剧不景气的原因：老成凋谢，后继无人。这与一部分戏曲理论家的意见不谋而合。

戴白边眼镜的中等老头儿不以为然：

“不行！王师傅的鸟值二百（哦，原来老人姓王），可是你叫个外行来听听：听不出好来！就是梅兰芳、杨小楼再活回来，你叫那边那几个念洋话的学生来听听，他也听不出好来。不懂！现而今这年轻人不懂的事太多。他们不懂京剧，那戏园子的座儿就能好了哇？”

好几个人附和：“那是！那是！”

他们以为京剧的危机是不懂京剧的学生造成的。如果现在的学生都像老舍所写的赵子曰，或者都像老包，像这些懂京剧的遛鸟的人，京剧就得救了。这跟一些戏剧理论家的意见也很相似。

然而京剧的老观众，比如这些遛鸟的人，都已经老了，他们大部分已经退休。他们跟我闲聊中最常问的一句话是："退了没有？"那么，京剧的新观众在哪里呢？

哦，在那里：就是那些念屠格涅夫、莎士比亚的学生。

也没准儿将来改造京剧的也是他们。

谁知道呢！

注释

原载《北京文艺》一九八二年第二期。

林肯的鼻子

我们到伊里诺伊州斯普林菲尔德市参观林肯故居。林肯居住过的房子正在修复。街道和几家邻居的住宅倒都已经修好了。街道上铺的是木板。几家邻居的房子也是木结构，样子差不多。一位穿了林肯时代服装（白洋布印黑色小碎花的膨起的长裙，同样颜色短袄，戴无指手套，手上还套一个线结的钱袋）的中年女士给我们作介绍。她的声音有点尖厉，话说得比较快，说得很多，滔滔不绝。也许林肯时代的妇女就是这样说话的。她说了一些与林肯无关的话，老是说她们姊妹的事。有一个林肯旧邻的后代也出来做了介绍。他也穿了林肯时代的服装，本色毛布的长过膝盖的外套，皮靴也是牛皮本色的，不上油。领口系了一条绿色的丝带。此人的话也很多，一边说，一边老是向右侧扬起脑袋，有点兴奋，又像有点愤世嫉俗。他说了一气，最后说："我是学过心理学的，我一看你的眼睛，就知道你说的是不是真话！——日安！"用一句北京话来说：这是哪儿跟哪儿呀？此人道罢日安，翩然而去，由印花布女士继续介绍。她最后说："林肯是伟大的政治家，但在生活上是个无赖。"我真有点怀疑我的耳朵。

第二天上午，参观林肯墓，墓的地点很好，很空旷，墓前是一片草坪，更前是很多高大的树。

这天步兵一一四旅特地给国际写作计划的作家们表演了升旗仪式。两个穿了当年的蓝色薄呢制服的队长模样的军人在旗杆前等着。其中一个挎了红缎子的值星带，佩指挥刀。在军鼓和小号声中走来一队士兵，也都穿蓝呢子制服。所谓一队，其实只有七个人。前面两个，一个打着美国国旗，一个打着州旗。当中三个背着长枪。最后两个，一个打鼓，一个吹号。走得很有节拍，但是轻轻松松的。立定之后，向左转，架好长枪。喊口令的就是那个吹小号的，他的军帽后边露着雪白的头发，大概岁数不小了。口令声音很轻，并不大声怒喝。——中国军队大声喊口令，大概是受了日本或德国的影响。口令是要练的。我在昆明时，每天清晨听见第五军校的学生练口令，那么多人一同怒吼，真是惊天动地。一声"升旗"后，老兵自己吹了号，号音有点像中国的"三环号"。那两个队长举手敬礼，国旗和州旗升上去。一会儿工夫，仪式就完了，士兵列队走去，小号吹起来，吹的是"咭里鲁亚"。打鼓的这回不是打的鼓面，只是用两根鼓棒敲着鼓边。这个升旗仪式既不威武雄壮，也并不怎么庄严肃穆。说是形同儿戏，那倒也不是。只能说这是美国式的仪式，比较随便。

林肯墓是一座白花岗石的方塔形的建筑，墓前有林肯的立像。两侧各有一组内战英雄的群像。一组在举旗挺进；一组有扬蹄的战马。墓基前数步，石座上还有一个很大的林肯的铜铸的头像。

我觉得林肯墓是好看的，清清爽爽，干干净净。一位法国作家说他到过南京，看过中山陵，说林肯墓和中山陵不能相比。——中山陵有气魄。我说："不同的风格。"——"对，完全不同的风格！"他不知道林肯墓是"墓"，中山陵是"陵"呀。

我们到墓里看了一圈。这里葬着林肯，林肯的夫人，还有他的三个儿子。正中还有一个林肯坐在椅子里的铜像。他的三个儿子都有一个铜像，但较小。林肯的儿子极像林肯。纪念林肯，同时纪念他的家属，这也是一种美国式的思想。——这里倒没有林肯的"亲密战友"的任何名字和形象。

走出墓道，看到好些人去摸林肯的鼻子——头像的鼻子。有带着孩子的，把孩子举起来，孩子就高高兴兴地去摸。林肯的头像外面原来是镀了一层黑颜色的，他的鼻子被摸得多了，露出里面的黄铜，锃亮锃亮的。为什么要去摸林肯的鼻子？我想原来只是因为林肯的鼻子很突出，后来就成了一种迷信，说是摸了会有好运气。好几位作家握着林肯的鼻子照了相。他们叫我也照一张，我笑了笑，摇摇头。

归途中路过诗人艾德加·李·马斯特的故居。马斯特对林肯的一些观点是不同意的。我问接待我们的一位女士：马斯特究竟不同意林肯的哪些观点，她说她也不清楚，只知道他们关系不好。

我说:“你们不管他们观点有什么分歧，都一样地纪念，是不是？”她说:“只要是对人类文化有过贡献的，我们都纪念，不管他们的关系好不好。”我说:“这大概就是美国的民主。”她说:“你说得很好。”我说:“我不赞成大家去摸林肯的鼻子。”她说:“我也不赞成！”

途次又经桑德堡故居。对桑德堡，中国的读者比较熟悉，他的短诗《雾》是传诵很广的。桑德堡写过长诗《林肯——在战争年代》。他是赞成林肯观点的。

回到住处，我想：摸林肯的鼻子，到底要得要不得？最后的结论是：这还是要得的。谁的鼻子都可以摸，林肯的鼻子也可以摸。没有一个人的鼻子是神圣的。林肯有一句名言:“All men are created equal.（所有的人生来都是平等的。)”我还想到，自由、平等、博爱，是不可分割的概念。自由，是以平等为前提的。在中国，现在，很需要倡导这种“Created equal”的精神。

让我们平等地摸别人的鼻子，也让别人摸。

一九八七年十月一日，爱荷华

注释

原载《散文世界》一九八八年第四期。

美国女生

——阿美利加明信片

“女生”是台湾的叫法。台湾的中青年把男的都叫作“男生”，女的都叫作“女生”，蒋勋（诗人）、李昂（小说家）都如此，虽然被称作“男生”“女生”的，都已经不是学生了。这种称呼很有趣。不过我这里所说的“女生”，大都还是女学生。

我在爱荷华居住的五月花公寓里住了不少爱荷华大学的学生，男生女生都有。我每天上午下午沿爱荷华河散步，总会碰到几个。男生不大搭理我，女生则都迎面带笑很亲切地说一声“嗨”。她们大概都认得我了，因为我是中国人，她们大概也知道我是个作家。我对她们可分辨不清，觉得都差不多。据说，爱荷华州出美女。她们都相当漂亮，皮肤白皙，明眸皓齿，——眼珠大都是灰蓝色，纯蓝的少，但和蛋青色的眼白一衬，显得很透亮。但是我觉得她们都差不多，个头差不多——没有很高的；身材差不多——没有很胖很瘦的；发式差不多，都梳得很随便；服饰也差不多，都是一身白色的针织运动衫裤，白旅游鞋。甚至走路的样子也差不多，比较快，但也不是很匆忙。没有浓妆艳抹，身着奇装异服的，因为她们是大学生。偶尔在星期六的晚上，看到她们穿了盛装，涂了较重的口红，三三五五地上电梯，大概是在哪里参加party回来了。这样的时候很少。美国女生的穿着大概以舒服为主，美观是其次。

在爱荷华市区见到有女生光着脚在大街上走。美国女孩子的脚很好看，但是她们不是为了显露她们的脚形，大概只是图舒服。街上的男人也不注视她们的秀足，不觉得有什么刺激。

街上看到“朋克”，一男一女，都很年轻。像画报上所见的那样，把头发剃光了，只留当中一长绺，染成淡紫色。但我并不觉得他们怪诞，他们的眼睛里也没有什么愤世嫉俗，对现实不满，疯狂颓废。完全没有。他们的眼睛是明净的、文雅的。他们大概只是觉得这样好玩。

我散步后坐在爱荷华河边的长椅上抽烟，休息，遐想，构思。离我不远的长椅上有一个男生一个女生抱着亲吻。他们吻得很长，我都抽了三根烟了，他们还没有完。但是吻得并不热烈，抱得不是很紧，而且女生一边长长地吻着，一边垂着两只脚，前后摇摆。这叫什么接吻？这样的吻简直像是做游戏。这样完全没有色情、放荡意味的接吻，我还从未见过。

参观阿玛纳村，这是个古老的移民村，前些年还保留着旧的生活习惯：不用汽车，用马车。现在改变了，办了很现代化的工厂。在悬着一副木轭为记的餐馆里吃饭。招呼我们的是一个女生，戴一副细黑框的眼镜，穿着黑色的薄呢衫裙，黑浅口半高跟鞋，白色长丝袜。她这副装束显得有点古风，特别是她那双白袜子。她姓莎士比亚，名南希，我对她说："你很了不起，是莎士比亚的后裔，与总统夫人同名。"她大笑。她说她一辈子不想结婚。为什么和一个初次见面的外国人（在她看起来，我们当然是外国人）谈起这样的话呢？她还很年轻，说这个话未免早了一点。她不会有过什么悲痛的遭遇，她的声音里没有一点苦涩。可能她觉得一个人活着洒脱，自在。说不定她真会一辈子单身。

在耶鲁大学演讲，给我当翻译的是一个博士生，很年轻，穿一身玫瑰红，身材较一般美国女生瘦小，真是娇小玲珑。我在演讲里提到朱庆余的《近试上张水部》和崔颢的《长干行》，她很顺溜地就翻译出来了。我很惊奇。她得意地说："我最近刚刚读过这两首诗！"她是在台湾学的中文。我看看她的眼睛：非常聪明。

在华盛顿，在白宫对面马路的人行道上，看见一个女生用一根带子拉着一只猫，她想叫猫像狗一样陪着她散步。猫不干，怎么拉，猫还是乱蹦。我们看着她，笑了。她看看我们，也笑了。她知道我们笑什么：这是猫，不是狗！

美国的女生大都很健康，很单纯，很天真，无忧无虑，没有烦恼，也没有困惑。愿上帝保佑美国女生。

一九九一年一月五日

注释

原载一九九一年一月十三日《经济日报》。

遥寄爱荷华

——怀念聂华苓和保罗·安格尔

一九八七年九月，我应安格尔和聂华苓之邀，到爱荷华去参加爱荷华大学“国际写作计划”，认识了他们夫妇，成了好朋友。

安格尔是爱荷华人。他是爱荷华城的骄傲。爱荷华的第一国家银行是本城最大的银行，和“写作计划”的关系很密切（“国际写作计划”作家的存款都在第一银行开户），每一届“国际写作计划”，第一银行都要举行一次盛大的招待酒会。第一银行的墙壁上挂了一些美国伟人的照片或画像。酒会那天，银行特意把安格尔的巨幅淡彩铅笔画像也摆了出来，画像画得很像，很能表现安格尔的神情：爽朗，幽默，机智。安格尔拉了我站在这张画像的两边拍了一张照片。可惜我没有拿到照相人给我加印的一张。

江迪尔是一家很大的农机厂。这家厂里请亨利·摩尔做了一个很大的抽象的铜像，特意在一口湖当中造了一个小岛，把铜像放在岛上。江迪尔农机厂是“国际写作计划”的赞助者之一，每年要招待国际作家一次午宴。在宴会上，经理致辞，说安格尔是美国文学的巨人。

我不熟悉美国文学的情况，尤其是诗，不能评价安格尔在美国当代文学中的位置。我只读过一本他的诗集《中国印象》，是他在中国旅行之后写的，很有感情。他的诗是平易的，好懂的，是自由诗。有一首诗的最后一段只有一行：

中国也有萤火虫吗？

我忽然非常感动。

一九八七年在爱荷华聂华苓家中，中为聂华苓。

我真想给他捉两个中国的萤火虫带到美国去。

我三天两头就要上聂华苓家里去，有时甚至天天去。有两天没有去，聂华苓估计我大概一个人在屋里，就会打电话来。我们住在五月花公寓，离聂华苓家很近，五分钟就到了。

聂华苓家在爱荷华河边的一座小山半麓。门口有一块铜牌，竖写了两个隶书："安寓"。这大概是聂华苓的主意。这是一所比较大的美国中产阶级的房子，买了已经有些年了。木结构。美国的民居很多是木结构，没有围墙，一家一家不挨着。这种木结构的房子也是不能挨着，挨在一起，一家着火，会烧成一片。我在美国看了几处遭了火灾的房子，都不殃及邻舍。和邻舍保持一段距离，这也反映出美国人的以个人主义为基础的文化心理。美国人不愿意别人干扰他们的生活，不讲什么"处街坊"，不讲"闻多素心人，乐与数晨夕"。除非得到邀请，美国人不随便上人家"串门儿"。

这是一座两层的房子。楼下是聂华苓的书房，有几张中国字画。我给她带去一个我自己画的小条幅，画的是一丛秋海棠，一只草虫，题了两句朱自清先生的诗："解得夕阳无限好，不须惆怅近黄昏。"第二天她就挂在书桌的左侧，以示对我的尊重。

楼上是卧室、厨房、客厅。一上楼梯，对面的墙上在一块很大的印第安人的壁衣上挂满了各个民族、各个地区、各色各样的面具，是安格尔搜集来的。安格尔特别喜爱这些玩意。他的书架上、壁炉上，到处都是这一类东西（包括一个黄铜敲成的狗头鸟脚的非洲神像，一些东南亚的皮影戏人形……）。

餐厅的一壁横挂了一柄船桨，上面写满了字，想是安格尔在大学划船比赛获奖的纪念。

一个书柜里放了一张安格尔的照片，坐在一块石头上，很英俊，一个典型的美国年轻绅士。聂华苓说："我认识他的时候，他就是这个样子！"

南面和西面的墙顶牵满了绿萝。美国很多人家都种这种植物，有的店铺里也种。这玩意儿只要一点土，一点水，就能陆续抽出很长的条，不断生出心形的浓绿肥厚的叶子。

白色羊皮面的大沙发是可以移动的。一般是西面、北面各一列，成直角。有时也可以拉过来，在小圆桌周围围成一圈。人多了，可以坐在地毯上。台湾诗人蒋勋好像特爱坐在地毯上。

客厅的一角散放着报纸、刊物、画册。

这是一个舒适、随便的环境，谁到这里都会觉得无拘无束。美国有的人家过于整洁，进门就要脱鞋，又不能抽烟，真是别扭。

安格尔和聂华苓都非常好客。他们家几乎每个晚上都是座上客常满，杯中酒不空。爱荷华是个安静、古板的城市（城市人口六万，其中三万是大学生），没有夜生活。有一个晚上，台湾诗人郑愁予喝了不少酒，说他知道有一家表演脱衣舞的地方，要带几个男女青年去看看。不大一会儿，回来了！这家早就关闭了。爱荷华原来有一家放色情片子的电影院，让一些老头儿、老太太轰跑了。夜间无事，因此，家庭聚会就比较多。

"国际写作计划"会期三个月，聂华苓星期六大都要举行晚宴，招待各国作家。分拨邀请。这一拨请哪些位，那一拨请哪些位，是用心安排的。她邀请中国作家（包括大陆的、台湾的、香港的，和在美国的华人作家）次数最多。有些外国作家（主要是说西班牙语的南美作家）有点吃醋，说聂华苓对中国作家偏心。聂华苓听到了，说："那是！"我跟她说："我们是你的娘家人。"——"没错！"

一九八七年汪曾祺在美国

美国的习惯是先喝酒，后吃饭。大概六点来钟，就开始喝。安格尔很爱喝酒，喝威士忌。我去了，也都是喝苏格兰威士忌或伯尔本（美国威士忌）。伯尔本有一点苦味，别具特色。每次都是吃开心果就酒。聂华苓不知买了多少开心果，随时待客，源源不断。有时我去早了，安格尔在他自己屋里，聂华苓在厨房忙着，我就自己动手，倒一杯先喝起来。他们家放酒和冰块的地方我都知道。一边喝加了冰的威士忌，一边翻阅一大摞华文报纸，蛮惬意。我在安格尔家喝的威士忌加在一起，大概不止一箱。我一辈子没有喝过那样多威士忌。有两次，聂华苓说我喝得说话舌头都直了！临离爱荷华前一晚，聂华苓还在我的外面包着羊皮的不锈钢扁酒壶里灌了一壶酒。

晚饭烤牛排的时候多。我爱吃烤得很嫩的牛排。聂华苓说："下次来，我给你一块生牛排你自己切了吃！"

吃过一次核桃树枝烤的牛肉。核桃树枝是从后面小山上捡的。

美国火锅吃起来很简便。一个长方形的锅子，各人自己涮鸡片、鱼片、肉片……

聂华苓表演了一次豆腐丸子。这是湖北菜。

聂华苓在美国二十多年了，但从里到外，都还是一个中国人。

她有个弟弟也在美国，我听到她和弟弟打电话，说的是地地道道的湖北话！

有一次中国作家聚会，合唱了一支歌“我的家在东北松花江上”。聂华苓是抗战后到台湾的，她会唱相当多这样的救亡歌曲。台湾小说家陈映真、诗人蒋勋，包括年轻的小说家李昂也会唱这支歌。唱得大家心里酸酸的。聂华苓热泪盈眶。

聂华苓是个很容易动感情的人。有一次她和在美的华人友好欢聚，在将近酒阑人散（有人已经穿好外衣）的时候，她忽然感伤起来，失声痛哭，招得几位女士陪她哭了一气。

有一次陈映真的父亲坐一天的汽车，特意到爱荷华来看望中国作家。老先生年轻时在台湾教学，曾把鲁迅的小说改成戏剧在台演出，大概是在台湾最早介绍鲁迅的学人之一。老先生对祖国怀了极深的感情。陈映真之所以成为台湾“统派”的代表人物之一，与幼承庭训有关。陈老先生在席间做了热情洋溢的讲话。我听了，一时非常激动，不禁和老先生抱在一起，哭了。聂华苓一面陪着我们流泪，一面攥着我的手说：“你真好！你真好！你真可爱！”

我跟聂华苓说：“我已经好多年没有哭过了。”

聂华苓原来叫我“汪老”，有一天，对我说：“我以后不叫你‘汪老’了，把你都叫老了！我叫你汪大哥！”我说：“好！”不过似乎以后她还是一直叫我“汪老”。

中国人在客厅里高谈阔论，安格尔是不参加的，他不会汉语。他会说的中国话大概只有一句：“够了！太够了！”一有机会，在给他分菜或倒酒时，他就爱露一露这一句。但我们在聊天时，他有时也在一边听着，而且好像很有兴趣。我跟他不能交谈，但彼此似乎很能交流感情，能够互相欣赏。有一天我去得稍早，用英语跟他说了一句极其普通的问候的话：“你今天看上去气色很好。”他大叫：“华苓！他能说完整的英语！”

安格尔在家时衣着很随便，总是穿一件宽大的紫色睡袍，软底的便鞋，跑来跑去，一会儿回他的卧室，一会儿又到客厅里来。我说他是个无事忙。聂华苓说：“就是，就是！整天忙忙叨叨，busy！ busy！不知道他忙什么！”

他忙活的事情之一，是伺候他的那群鹿和浣熊。有一群鹿和浣熊住在“安寓”后山的杂木林里，是野生的，经常到他的后窗外来做客。鹿有时两三只，有时七八只；浣熊一来十好几只，他得为它们准备吃的。鹿吃玉米粒。爱荷华是产玉米的州，玉米粒多得是。鹿都站在较高的山坡上，低头吃玉米粒，忽然又扬起头来很警惕地向窗户里看一眼。浣熊吃面包。浣熊憨头憨脑，长得有点像熊猫，胆小，但是在它们专心吃面包片时，就不顾一切了。美国面包隔了夜，就会降价处理，很便宜。聂华苓隔一两天就要开车去买面包。“浣熊吃，我们也吃！”鹿和浣熊光临，便是神圣的时刻。安格尔深情地注视窗外，一面伸出指头示意：不许作声！鄂温克族作家乌热尔图是猎人，看着窗外的鹿，说：“我要是有一杆枪，一枪就能打倒一只。”安格尔瞪着灰蓝色的眼睛说：“你要是拿枪打它，我就拿枪打你！”

安格尔是个心地善良、脾气很好、快乐的老人，是个老天真。他爱大笑，大喊大叫，一边叫着笑着，一边还要用两只手拍着桌子。

他很爱聂华苓，老是爱说他和聂华苓恋爱的经过：他在台北举行酒会，聂华苓在酒会上没有和他说话。聂华苓要走了，安格尔问她："你为什么不理我？"聂华苓说："你是主人，你不主动找我说话，我怎么理你？"后来，安格尔约聂华苓一同到日本去，聂华苓心想：一个外国人，约我到日本去？她还是同意了。到了日本，又到了新加坡、菲律宾……后来呢？后来他们就结婚了。他大概忘了，他已经跟我说过一次他的罗曼史。我告诉蒋勋，我已经听他说过了，蒋勋说："我已经听过五次！"他一说起这一段，聂华苓就制止他："No more！ No more！"

聂华苓从客厅走回她的卧室，安格尔指指她的背影，悄悄地跟我说：

"她是一个了不起的女人！"

十二月中旬，我到纽约、华盛顿、费城、波士顿走了一圈。走的时候正是爱荷华的红叶最好的时候，橡树、元宝树、日本枫……层层叠叠，如火如荼。

回到爱荷华，红叶已经落光，这么快！

我是年底回国的。离开爱荷华那天下了大雪，爱荷华一点声

一九八七年在美国爱荷华聂华苓家，与香港女作家钟晓阳及南美诗人等。

音没有。

一九八八年，安格尔和聂华苓访问了大陆一次。作协外联部不知道是哪位出了一个主意，不在外面宴请他们，让我在家里亲手给他们做一顿饭，我说："行！"聂华苓在美国时就一直希望吃到我做的菜（我在她家里只做过一次炸酱面），这回如愿以偿了。我给他们做了几个什么菜，已经记不清了，只记得有一碗扬州煮干丝、一个炝瓜皮，大概还有一盘干煸牛肉丝，其余的，想不起来了。那天是蒋勋和他们一起来的。聂华苓吃得很开心，最后端起大碗，连煮干丝的汤也喝得光光的。安格尔那天也很高兴，因为我还有一瓶伯尔本，他到大陆，老是茅台酒、五粮液，他喝不惯。我给他斟酒时，他又找到机会亮了他的唯一的一句中国话：

"够了！太够了！"

一九九〇年初秋，我有个亲戚到爱荷华去（他在爱荷华大学读书），我和老伴请他带两件礼物给聂华苓，一个仿楚器云纹朱红漆盒，一件彩色扎花印染的纯棉衣料。她非常喜欢，对安格尔说："这真是汪曾祺！"

安格尔因心脏病突发，在芝加哥去世。大概是一九九一年初。

安格尔去世后，我和聂华苓没有通过信。她现在怎么生活呢？前天给她寄去一张贺年卡，写了几句话，信封上写的是她原来的地址，也不知道她能不能收到。

一九九一年十二月二十日

注释

原载《中华儿女》一九九二年第二期。

觅我游踪五十年

将去云南，临走前的晚上，写了三首旧体诗。怕到了那里，有朋友叫写字，临时想不出合适的词句。一九八七年去云南，一路写了不少字，平地抠饼，现想词儿，深以为苦。其中一首是：

羁旅天南久未还，
故乡无此好湖山。
长堤柳色浓如许，
觅我游踪五十年。

我在西南联大读书时，曾两度租了房子住在校外。一度在若园巷二号，一度在民强巷五号一位姓王的老先生家的东屋。民强巷五号的大门上刻着一副对联：

圣代即今多雨露
故乡无此好湖山

我每天进出，都要看到这副对子，印象很深。这副对联是集句。上联我到现在还没有查到出处，意思我也不喜欢。我们在昆明的时候，算什么“圣代”呢！下联是苏东坡的诗。王老先生原籍大概不是昆明，这里只是他的寓庐。他在门上刻了这样的对联，是借前人旧句，抒自己情怀。我在昆明待了七年。除了高邮、北京，在这里的时间最长，按居留次序说，昆明是我的第二故乡。少年羁旅，想走也走不开，并不真的是因为留恋湖山，写诗（应是偷诗）时不得不那样说而已。但是，昆明的湖山是很可留恋的。

我在民强巷时的生活，真是落拓到了极点。一贫如洗。我们交给房东的房租只是象征性的一点，而且常常拖欠。昆明有些人家也真是怪，愿意把闲房租给穷大学生住，不计较房租。这似乎是出于对知识的怜惜心理。白天，无所事事，看书，或者搬一个小板凳，坐在廊檐下胡思乱想。有时看到庭前寂然的海棠树有一小枝轻轻地弹动，知道是一只小鸟离枝飞去了。或是无目的地到处游逛，联大的学生称这种游逛为 Wandering。晚上，写作，记录一些印象、感觉、思绪，片片段段，近似 A·纪德的《地粮》。毛笔，用晋人小楷，写在自己订成的一个很大的白绵纸本子上。这种习作是不准备发表的，也没有地方发表。不停地抽烟，扔得满地都是烟蒂。有时烟抽完了，就在地下找找，拣起较长的烟蒂，点了火再抽两口。睡得很晚。没有床，我就睡在一个高高的条儿上，这条儿也就是一尺多宽。被窝的里面都已不知去向，只剩下一条棉絮。我无论冬夏，都是拥絮而眠。条儿临窗，窗外是隔壁邻居的鸭圈，每天都到这些鸭子嘎嘎叫起来，天已薄亮时，才睡。有时没钱吃饭，就坚卧不起。同学朱德熙见我到十一点多钟还没有露面，——我每天都要到他那里聊一会儿的，就夹了一本字典来，叫："起来，去吃饭！"把字典卖掉，吃了饭，Wandering，或到"英国花园"（英国领事馆的花园）的草地上躺着，看天上的云，说一些"没有两片树叶长在一个空间"之类的虚无缥缈的胡话。

有一次替一个小报约稿，去看闻一多先生。闻先生看了我的颓废的精神状态，把我痛斥了一顿。我对他的参与政治活动也不以为然，直率地提出了意见。回来后，我给他写了一封短信，说他对我俯冲了一通。闻先生回信说："你也对我高射了一通。今天晚上你不要出去，我来看你。"当天，闻先生来看了我。他那天说了什么，我已经不记得了。看了我，他就去闻家驷先生家了，——闻家驷先生也住在民强巷。闻先生是很喜欢我的。

若园巷二号的房东是一个上了年纪的寡妇，她没有儿女，只和一个又像养女又像使女的女孩子同住楼下的正屋，其余两进房屋都租给联大学生。我和王道乾同住一屋，他当时正在读蓝波的诗，写波特莱尔式的小散文，用粉笔到处画着普希金的侧面头像，把宝珠梨切成小块用线穿成一串喂养果蝇。后来到了法国，在法国入了党，成了专译马克思主义文艺理论的翻译家。他的转折，我一直不了解。若园巷的房客还有何炳棣、吴讷孙，他们现在都在美国，是美籍华人了，一个是历史学家，一个是美学和美术史专家。有一年春节，吴讷孙写了一副春联，贴在大门上：

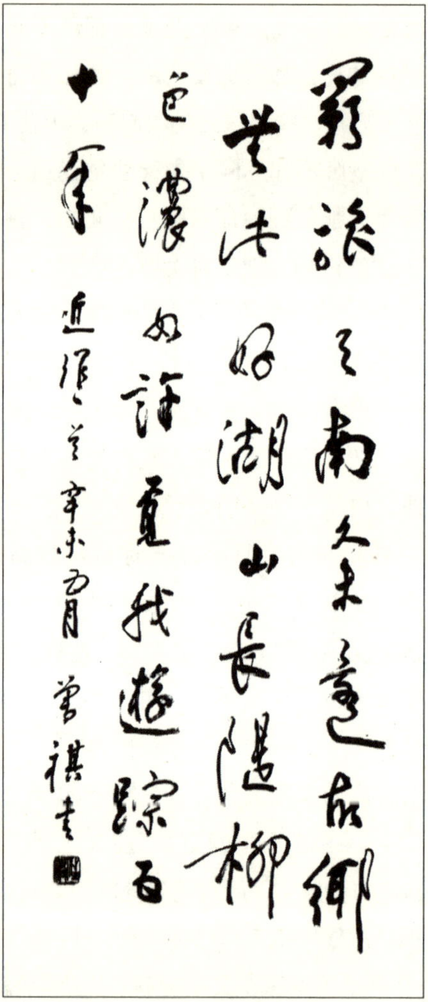

羁旅天南久未还，故乡无此好湖山。
长堤柳色浓如许，觅我游踪五十年。
近作一首　辛未五月　曾祺书

人斗南唐金叶子

街飞北宋闹蛾儿

这副对联很有点富贵气，字也写得很好。闹蛾儿自然是没有的，昆明过年也只是放鞭炮。“金叶子”指扑克牌。联大师生打桥牌成风，这位 Nelson 先生就是一个桥牌迷。吴讷孙写了一本反映联大生活的长篇小说《未央歌》，在台湾多次再版。一九八七年我在美国见到他，他送了我一本。

若园巷二号院里有一棵很大的缅桂花（即白兰花）树，枝叶繁茂，坐在屋里，人面一绿。花时，香出巷外。房东老太太隔两三天就搭了短梯，叫那个女孩子爬上去，摘下很多半开的花苞，裹在绿叶里，拿到花市上去卖。她怕我们乱摘她的花，就主动用白磁盘码了一盘花，洒一点清水，给各屋送去。这些缅桂花，我们大都转送了出去。曾给萧珊、王树藏送了两次。今萧珊、树藏都已去世多年，思之怅怅。

我们这次到昆明，当天就要到玉溪去，哪里也顾不上去看看，只和冯牧陪凌力去找了找逼死坡。路，我还认得，从青莲街上去，拐个弯就是。一九三九年，我到昆明考大学，在青莲街的同济大学附中寄住过。青莲街是一个相当陡的坡，原来铺的是麻石板；急雨时雨水从五华山奔泻而下，经陡坡注入翠湖，水流石上，哗哗作响，很有气势。现在改成了沥青路面。昆明城里再找一条麻石板路，大概没有了。逼死坡还是那样。路边立有一碑：“明永历帝殉国处”，我记得以前是没有的，大概是后来立的。凌力将写南明历史，自然要来看看遗迹。我无感触，只想起坡下原来有一家铺子卖核桃糖，装在一个玻璃匣子里，很好吃，也很便宜。

我们一行的目标是滇西，原以为回昆明后可以到处走走，不想到了玉溪第二天就崴了脚，脚上敷了草药，缠了绷带，拄杖跛行了瑞丽、芒市、保山等地，人很累了。脚伤未愈，来访客人又多，懒得行动。翠湖近在咫尺，也没有进去，只在宾馆门前，眺望了几回。

即目可见的景物，一是湖中的多孔石桥，一是近西岸的圆圆的小岛。

这座桥架在纵贯翠湖的通路上，是我们往来市区必经的。我在昆明七年，在这座桥上走过多少次，真是无法计算了。我记得这条道路的两侧原来是有很高大的柳树的。人行路上，柳条拂肩，溶溶柳色，似乎透入体内。我诗中所说“长堤柳色浓如许”，主要指的是这条通路上的垂柳。柳树是有的，但是似乎颇矮小，也稀疏，想来是重栽的了。

那座圆形的小岛，实是个半岛，对面是有小径通到陆上的。我曾在一个月夜和两个女同学到岛上去玩。岛上别无景点，平常极少游客，夜间更是阒无一人，十分安静。不料幽赏未已，来了一队警备司令部的巡逻兵，一个班长，把我们骂了一顿：“半夜三更，你们到这里来整哪样？你们呐校长，就是这样教育你们呐！”语气非常粗野。这不但是煞风景，而且身为男子，受到这样的侮辱，却还不出一句话来，实在是窝囊。我送她们回南院（女生宿舍），一路沉默。这两个女同学现在大概都已经当了祖母，她们大概已经不记得那晚上的事了。隔岸看小岛，杂树蓊郁，还似当年。

本想陪凌力去看看莲花池，传说这是陈圆圆自沉的地方。凌力要到图书馆去抄资料，听说莲花池已经没有水（一说有水，但很小），我就没有单独去的兴致。

《滇池》编辑部的三位同志来看我，再三问我想到哪里看看，我说脚疼，哪里也不想去。他们最后建议：有一个花鸟市场，不远，乘车去，一会儿就到，去看看。盛情难却，去了。看了出售的花、鸟、猫、松鼠、小猴子、新旧银器……我问："这条街原来是什么街？"——"甬道街。"甬道街！我太熟了！我告诉他们，这里原来有一家馆子，鸡㙡做得很好，昆明人想吃鸡㙡，都上这家来。这家饭馆还有个特点，用大锅熬了一锅苦菜汤，苦菜汤是不收钱的，可以用大碗自己去舀。现在已经看不出痕迹了。

甬道街的隔壁，是文明街，过去都叫"文明新街"。一眼就看出来，两边的店铺都是两层楼木结构，楼上临街是栏杆，里面是隔扇。这些房子竟还没有坏！文明新街是卖旧货的地方。街两边都是旧货摊。一到晚上，点了电石灯，满街都是电石臭气。什么旧货都有，玛瑙翡翠、铜佛瓷瓶、破铜烂铁。沿街浏览，蹲下来挑选问价，也是个乐趣。我们有个同班的四川同学，姓李，家里寄来一件棉袍，他从邮局取出来，拆开包裹线，到了文明街，把棉袍搭在胳膊上："哪个要这件棉袍！"当时就卖掉了，伙同几个同学，吃喝了一顿。街右有几家旧书店，收集中外古今旧书。联大学生常来光顾，买书，也卖书。最吃香的是工具书。有一个同学，发现一家旧书店收购《辞源》的收价，比定价要高不少。出街口往西不远，就是商务印书馆。这位老兄于是到商务印书馆以原价买出一套崭新的《辞源》，拿到旧书店卖掉。文明街有三家瓷器店，都是桐城人开的。昆明的操瓷器业者多为桐城帮。朱德熙的丈人家所开的瓷器店即在街的南头。德熙婚后，我常随他到他丈人家去玩，和孔敬（德熙的夫人）到后面仓库里去挑好玩的小酒壶、小花瓶。桐城人请客，每个菜都带汤，谓之“水碗”，桐城人说：“我们吃菜，就是这样汤汤水水的。”美国在广岛扔了原子弹后，一天，有两个美国兵来买瓷器，德熙伏在柜台上和他们谈了一会儿。这两个美国兵一定很奇怪：瓷器店里怎么会有一个能说英语的伙计，而且还懂原子物理！

过文明街为文庙西街，再西，即为正义路。这条路我走过多次，现在也还认得出来。

我十九岁到昆明，今年七十一岁，说游踪五十年，是不错的。但我这次并没有去寻觅。朋友建议我到民强巷和若园巷看看，已经到了跟前，不知道为什么，我不怎么想去。

昆明我还是要来的！昆明是可依恋的。当然，可依恋的不止是五十年前的旧迹。

记住：下次再到云南，不要崴脚！

一九九一年五月十一日，北京

注释

原载《女声》一九九一年第八期。

代后记

天池雪水歌

明月照天山，雪峰淡淡蓝。

春暖雪化水流澌，流入深谷为天池。

天池水如孔雀绿，水中森森万松覆。

有时倒映雪山影，雪山倒影明如玉。

天池雪水下山来，快笑高歌不复回。

下山水如蓝玛瑙，卷沫喷花斗奇巧。

雪水流处长榆树，风吹白杨绿火炬。

雪水流处有人家，白白红红大丽花。

雪水流处小麦熟，新面打馕烤羊肉。

雪水流经山北麓，长宜子孙聚国族。

天池雪水深几许？储量恰当一年雨。

我从燕山向天山，曾度苍茫戈壁滩。

万里西来终不悔，待饮天池一杯水。

编后记

我接手主编这套丛书的时候，有几分惶恐，有几分欣慰。惶恐的是怕汪迷嗤之以鼻，谓自身几斤几两皆不知，还能充当主编。欣慰的是，我虽从未走出高邮，但因一直守望乡土，拥有许多文友的呵护与支持，拥有父母官和汪老家人的关注和信任。我便有了特殊的自信，自踏入文艺界三十多年来，常常心想事成，要干的事总能干成干好。

高邮赵德清君，并非我的学生，他却以师相待。近年，他开设了“汪迷部落”微信公众号，分设出“文化旅游”“美食”“影视音乐书画”三个专题群，高邮“汪迷群”与上海、北京、扬州等地十多个“汪迷群”、文学文艺爱好者群建立了联系，在网络世界里，世界各地的汪曾祺文学爱好者的相互交流日益加强，“汪迷部落”二〇一九年十一月二十六日关注量达一万四千二百三十九人次。

在此书付梓之际，我由衷感谢出版社领导和编辑的认可及调整。为编此书，数月来，重温汪老的各类作品，反复揣摩，从中选取经典之作。我虽已届耄耋之年，体弱多病，但愿意接受这一劳心费力的挑战，善始善终地完成这“玩命”（家人语，你忙得要书不要命）的工作，要一“玩”到底。我也诚心欢迎广大读者指正，如此幸甚！

陈其昌

二〇一九年十二月六日